一本足のガチョウの秘密

フランク・グルーバー

金井美子［訳］

論創社

The Limping Goose

1954

by Frank Gruber

目次

主要登場人物

ジョニー・フレッチャー……………………書籍セールスマン
サム・クラッグ………………………………ジョニーの相棒
J・J・キルケニー…………………………アクミ清算会社（通称AAA）の行方不明者債務取立人
アリス・カミングス…………………………金髪の美女
ジェス・カーマイケル………………………アリスの交際相手
オールド・ジェス・カーマイケル…………ジェスの父親。食料品チェーン店の社長で大富豪
ジェームズ・サットン………………………オールド・ジェスの甥
レスター・スミスソン………………………オールド・ジェスの甥。現在行方不明
ハリー・フラナガン…………………………ジゴロのならず者
レオナルド……………………………………ごろつき。運転手
シド……………………………………………ごろつき
ハマー…………………………………………キルケニーの上司。アクミ清算会社の社長
ヘルタ・コルストン…………………………ジェスの婚約者
ドン・ウィールライト………………………レスター・スミスソンの友人
ピーボディ……………………………………〈四十五丁目ホテル〉の支配人
エディー・ミラー……………………………〈四十五丁目ホテル〉のボーイ長
マディガン……………………………………ニューヨーク市警の警部補

一本足のガチョウの秘密

第一章

両手を頭の下にしてベッドに寝そべっているジョニー・フレッチャーは、傍目にはただだらだらと、怠けているだけに見えたかもしれない。しかし、怠けているどころか、ジョニーは働いていた。考えていたのだ。

サム・クラッグはバスルームで水をはね飛ばしながら、靴下と下着を洗っていた。腹の虫が騒いでいたが、当然のことながらサムは幸せだった。朝食どころか昨日の夕食も食いはぐれてしまったが、今日こそは食事にありつけるだろう。ジョニーが考えているのだから。そのうち何か思いつくに決まっている。いつだってそうだった。

その時、誰かがドアを激しく叩いた。

サムは水のしたたる靴下を手に持ったままバスルームから出ると、ジョニーを見やった。顔をしかめて思案しながら、薄汚れた天井をにらんでいる。

「誰か来たぜ、ジョニー」サムは言った。「見てこようか?」

「頼む」ジョニーはうわの空で答えた。

サムがドアに歩みより、数インチ開けると、凶暴な顔つきの大男が、ドアをいっぱいに押し開いた。

「サム・クラッグってやつを探してる」男は言った。

「なら、もう探さなくていいぜ」サムは愛想よく答えた。「おれがサム・クラッグだ」

「そいつはよかった」大男は言い、ポケットからカードを取り出して一瞥した。「三年前、エイジャックスマンドリン会社からマンドリンを買っただろう」

「ああ」サムは認めた。「あの会社には文句を言ってやりたいぜ。子供だって二週間でひけるようになるとか大嘘を言いやがって。おれはまあ、子供よりは物覚えがいいと思うんだが、三か月も毎日ぶっ続けであのなんとかいう代物を鳴らし続けても、おかしな雑音しか出やがらないんだからな」

「御託はたくさんだ」獰猛な大男はぴしゃりと言った。「肝心なのは、マンドリンの代金をまずは三ドル払った後で、週に五十セントずつ金を入れることになってたのに、おまえがそれをしなかったってことだ。おまえには四十六ドル五十セントプラス利子、しめて六十七ドル七十五セントの借金がある。おれがほしいのはそれだけだ。いいか、六十七ドル七十五セントだ」

ジョニーがいらだたしげに叫んだ。「おいおいサム、もう少し静かに友達をもてなせないのか？おれは考え事をしてるんだ」

サムはぬれた靴下をバスルームに放りこむと、ズボンで手をふいた。「こいつは友達じゃないぜ、ジョニー。マンドリンの代金を取り立てに来ただけで――」

「マンドリン？」

「おれが三年前に買ったやつだよ、ジョニー。ほら、ダルースで質に入れた――」

「ほほう！」借金取りは怒鳴った。「法的に自分のものじゃないものを質に入れたってわけか。そいつはムショ行きの犯罪だぜ。おまえらも、今回ばかりはヘマをしたってことだな！」

ジョニーはぱっと立ちあがった。「いったいぜんたい、なんの話だ？」戸口の男に細い人差し指をつきつけながら言う。「あんたまさか、借金取りじゃないだろうな」

「ああそうとも、おれはアクミ清算会社、通称ＡＡＡからよこされた、正真正銘の借金取りだ。それにな兄弟、おまえらはおれの言うとおりにするしかねえんだ。たった今、犯罪をおかしましたと白状したばかりなんだからな。さあ、さっさと金を払え――さもなきゃまずいことになるぞ！」

ジョニーは両手をこすりあわせ、口元をほころばせたが、その目は鋼のように光っていた。「ジョニー・フレッチャーから金を取ろうとするとはね。傑作な借金取りだな、ははは！」

「そのまま返すぜ。傑作なのは、おまえのほうだろ？」

「毛むくじゃらの子羊が凶暴な狼から金をかすめ取ろうとするほうが、よほど面白いさ。いいか兄弟、ジョニー・フレッチャーから金をせしめようとするよりは、石からミルクをしぼるほうが、よほど見こみがあるってことだよ」

大男の借金取りは壁によりかかり、大きな歯をむき出した。「まあ、ずいぶん口はまわるみてえだがな。ジョニー・フレッチャーだろうが誰だろうが、それがどうした。このおれ、Ｊ・Ｊ・キルケニーは樽いっぱいの猫よりも厄介な男と有名で、殺し屋キルケニーと呼ばれてる。この仕事にかけちゃ、誰よりも容赦がなく、しぶとい借金取りだ。おれに見つかったら、金を払うしかねえんだ」

「どうやらおれの得意分野みたいだが」サムが宣言した。「どうする、ジョニー？　まだもう少し世間話するのか？」

「まあ、そう急くなよ、サム。この紳士はちょっとばかり誤解をしているだけだ。もう少し話をして、こっちも彼の話を聞こうじゃないか」

「話はすぐ済むし、聞くのはもっと簡単に済むぜ」Ｊ・Ｊ・キルケニーは言った。「というか、もう終わってるだろうが」キルケニーは体を起こし、ズボンのベルトをずりあげると、一歩前へ踏み出した。「六十七ドル七十五セント払うか、痛い目をみるかだ」

キルケニーが大きな手をつき出すと、サムがその手を軽くつかんだ。キルケニーは愉快そうに微笑み、サムの手を振り払ってその手首をとらえた。すばやくサムの背後にまわりこむと、サムの手と腕を引っぱり、腕を背中にねじあげようとする。だが、意図に反して、サムの手と腕はキルケニーのほうへ来ることはなかった。サムが腕をこわばらせて軽く前に引き、キルケニーの手を振りほどいたからだ。それからサムは向きを変えると、両手いっぱいにキルケニーのコートをつかみ、大男の借金取りを揺さぶった。

キルケニーは両手をばたばたさせ、サムの頭を探りあてた。たくましい腕をサムの頭にまわし、ヘッドロックをかける。しかし、サムは難なく向きを変えると、両手を左肩のほうへのばしてキルケニーの頭をとらえ、さっと身をかがめた。

キルケニーはサムの肩の向こうへ鮮やかに吹っ飛び、背中から床に激突した。おそらくは、下の部屋の電球が、いくつか犠牲になったに違いなかった。

キルケニーがふらふらと立ちあがると、サムはのんびりと壁にもたれかかりながら言った。「三本勝負でいいよな？」

キルケニーはぎこちなく頭を振って答えた。「ちょっと考えさせろ。おまえは十ドルの獲物だし、十ドル稼ぐためにがんばるのはいいけどよ。おまえをぶん投げたら、スーツを破いちまって、仕立てなおすのに金がかかるかもしれねえ。それじゃ、儲けにならねえだろ」

「そのとおり」ジョニーが口を出した。「足を一本か二本折って、医者にくっつけてもらうはめになったら、儲けがマイナスになることもありえるな」

「そんなことはさせねえよ。次は必ずぶん投げてやるさ。さっきの投げ技はあっちにつきがあっただけだ。予想外だったからな」

「いいことを教えてやるよ」ジョニーは言った。「サムは一日中でもあんたを投げ飛ばすことができる。あんたのようなやつがもう二人いたとしてもな。あんたは確かにでかくてしぶといが、サムに太刀打ちできるほどじゃない。サムは世界で一番強い男だからな」

「なんだと?」

「サム・クラッグ、またの名をヤング・サムスン、世界で一番強い男。胸部をふくらますだけで、鉄の鎖をたち切ることができる。もしここに鎖があれば、サムは胸に鎖をまきつける。そしておれのひとことで、深くゆっくり深呼吸して胸をどんどんふくらませる。鎖は麻糸みたいにぷつんと切れる。『だれでもサムスンになれる』の本があれば、おれはそいつを見物人に配り、一冊につき二ドル九十五セント頂戴するって寸法さ」

ジョニーは一息つき、重いため息をついた。「もっとも、鎖と本を持ってればの話だけどな。今は鎖も本もない。だから〈四十五丁目ホテル〉にこもって、投資やら何やらで、うまいこと金を稼ぐ方法を考えてたんだよ。そこへあんた――なんと借金取りだそうだが――が踏みこんできて、金をふんだくろうとしてきたってわけだ!」

キルケニーは思案顔でうなずいた。「つまりおまえらはオケラってわけか。そいつはよかった。相手が金を持ってないなら、おれが不利になることはないからな」

「そうだな」ジョニーは言った。「だが、もし金があったとしても、おれたちから金を取ることはできないよ。あんたじゃ、役者不足だ」

「そんなわけがあるか。持ってるならむしり取ってやるさ」

「どうだかな」ジョニーはほがらかに言った。「サムがここにいなくても、金は回収できないと思うぜ。おれが説得して追い返すからな。いや、あんたは借金取りとしては悪くないと思うが、ジョニー・フレッチャーをしゃべり負かすことのできる借金取りなど、いるわけがない」

キルケニーはジョニーをにらんだ。「おまえは自分がずいぶん利口だと思ってるみてえだな。おまえは毎週月曜日の朝に、こんなカードの束――十ドルの仕事だぜ、五ドルのちょろいやつじゃない――を引き受けられるっていうのか。月曜ごとに十ドルから十二ドルの債務者カードをもらい、借金を払わずにずらかったやつを追いかけ、金を回収することができるっていうのかよ、え?」

「もちろんできるさ」

「口で言うのは簡単だぜ」

「わかった」ジョニーは言った。「あんたの持ってるカードから、適当に一枚選ぶか、あんたが探し出せなかったやつのカードを選ぶかするといい。そのカードをくれれば、明日の今ごろまでに、金を回収してきてみせる」

「いくら賭ける?」

「十ドルでどうだ」

「よし、賭けようじゃねえか」キルケニーは言い、すばやくカードの束に目を通すと、一枚を抜き出した。「ここに、おあつらえむきのがあるぜ。〈アリス・カミングス、チェスタートン・ホテル〉。この女は、アークティック毛皮会社から六十九ドル九十五セントの毛皮を買ったんだ。週に二ドルずつ、十二回払ったんだが、その後行方をくらまし、四十五ドル九十五セントが未払いになってる。今度の十一月で四年になるから、ほんの三十四ドルばかり利子がついてるが、七十四ドルで手を打とうって話になった。明日の今ごろまでに金を回収できたら、おまえらの勝ちだ。十ドルくれてやるよ。失敗したらおまえらが十ドル払え――言っとくが、おれは集金用のメリケンサックも持ってるからな。どうだ？」

「よし、話は決まったな」ジョニーは言った。

「おまえが証人だ」キルケニーはサム・クラッグに言った。「恨みっこなしだぜ、いいな？」

「ホールドの練習をしておけよ」サムは言った。「明日もう一戦できそうだし。そうだろ？」

キルケニーは仏頂面で部屋を出て行ったが、ドアは閉まらなかった。〈四十五丁目ホテル〉の支配人であるピーボディ氏が、ドアを押し開けたからだ。

「もしもし、ミスター・フレッチャー！」ピーボディは泣かんばかりの声で言った。「下の部屋のお客様から、苦情をいただいてしまいましたよ。いったいここで何をしているんです、ジャンプ運動か何かですか？　漆喰を天井から下へ叩き落として……」

ジョニーは曖昧に追い出すような身振りをしてみせた。「後にしてくれ、ピーボディ。後だ」

「後にしろとはどういうことです？」支配人はつめよったが、バスルームの床にぬれた靴下が置いてあるのを見ると、嫌悪の表情を浮かべた。「また洗濯をしましたね！　バスルームで服を洗うのは禁止だと、何度言ったらわかるんですか？」

「頼むから、もう出て行ってくれよ」ジョニーは叫んだ。「おれが考え事をしてるのが見えないのか？　あんたが邪魔をしているんだ」

「それは結構」ピーボディは容赦なく言った。「部屋代の支払いについて、じっくり考えていただきたいですな。明日で三週間ですからね。規則はご存知ですね――三週間分の部屋代を入れるか、出て行くかです。ですからせいぜい、明日私に支払う三十六ドルをどうやったら工面できるか、よく考えることですね」

「だから、それを考えているんじゃないか」ジョニーは言った。

「おや、それではお金を持っていないんですね！　そんなことだろうと思いましたよ。たぶん明日まで待つ必要も――」

「心配しなくても、金は払うよ。いつもちゃんと払ってきただろう？」

「いえいえ！　あなたたちを部屋から締め出さなくてはならなくなったこともありましたよ」

「確かにな」サム・クラッグが言った。「けど、また中に入れただろ」

「部屋代を全額もらったからです。しかし近いうちに、私はあなたたちを締め出し、あなたたちは締め出されたままになるでしょうね。そうなれば、私は平和に過ごせるわけです」

「ピーボディ」ジョニーは言った。「おれもあんたを気に入ってるが、やるべきことがあるんでね。締め出す相手はほかをあたって、おれを一人にしてくれないか？」

「ええ、明日までは」ピーボディは脅すように言うと、部屋を出て行った。

サムは支配人の鼻先でドアを閉めると、部屋に戻り、期待をこめてジョニーを見やった。「考えがあるんだろ、ジョニー？」

「まあな」

「食い物についてか？　分厚いステーキとフライドポテトとか？　でかいアップルパイとコーヒー三

杯とか？」

「食い物？　今日はまだ食ってなかったか？」

「おいおい、ジョニー。今日も昨日の夜も何も食ってねえよ」

「それは気をつけないといけないな。そんな風に、食事をしそこなうのはよろしくない」

「だからずっとそう言ってるだろ、ジョニー。何度も言ったよな。おれは一日に三食たっぷり食わないとだめなんだよ。けど、金がないだろ。十セント硬貨も持ってないんだから」

「食事をするのに金なんかいらないさ。本気で腹がへってる時にはな。来いよ、何か食いにいこう」

「どこでどうやって？　ホテルのダイニングルームに行っても、ピーボディはつけでなんか食わせてくれないだろ」

ジョニーは借金取りから受け取ったカードを持ちあげた。「〈チェスタートン・ホテル〉にはいいダイニングルームがあるぞ。そこで食事しようじゃないか」

「あんたがそう言うなら、ジョニー。腹がへりすぎて、皿までなめちまいそうだ――食い終わった後だけどな」

ジョニーは戸棚からコートを出し、二人はホテルを後にした。二人は六番街――アベニュー・オブ・ザ・アメリカスのほうへ進み、左に曲がった。四十八丁目でまた左に折れ、ブロックを途中まで進んで〈チェスタートン・ホテル〉に入る。〈四十五丁目ホテル〉より少しばかり大きかったが、〈四十五丁目ホテル〉より、少しばかり薄汚れていた。

第二章

〈チェスタートン・ホテル〉は、〈四十五丁目ホテル〉と同じような種類の客を相手にするホテルだった。予想屋、コーラスガール、俳優女優の卵、ブロードウェイの登場人物の典型のような人種や、山師のよせ集め。ニューヨークに時たまやってきては安宿を求めるよそ者も少しはいた。

ロビーには八人から十人ぐらいの人間がいたが、ジョニーはあいた椅子を二つ見つけた。片方の椅子に腰をおろし、身振りでサムに、もう一方の椅子に座るよう促す。

「ダイニングルームへ行って、何か食おうぜ」サムは懇願した。「腹がへった。この辺の革椅子に塩をふりかけて食っちまえるぐらいだ」

「ちょっと待てよサム、もう少しだ。ほら」

フロントから離れたベルボーイが、手に持った紙片をちらりと見やり、呼びかけた。「モールキン様。ポール・モールキン様はいらっしゃいますか」

モールキン氏が答えることはなく、ベルボーイは隣のダイニングルームにも入っていって、二度呼びかけた。その後、ベルボーイは戻ってきてフロントに紙片を届け、紙片はモールキン氏のキー入れに入れられた。

「よし、食事に行こうじゃないか」ジョニーは言った。

サムは勢いよく立ちあがり、二人はダイニングルームに入っていった。

二人がスープ、サラダ、ニューヨークカットステーキ、コーヒー、パイのすばらしい昼食を済ませると、ウエイターが伝票を持ってきた。ジョニーは鉛筆を取り、乱暴にポール・モールキンとサインした。

「部屋番号をどうぞ」ウエイターが言った。

「ああ、もちろん」ジョニーは伝票に八二一号室と書いてから、ポケットに手をのばした。しばらくポケットを探ってから笑みを浮かべ、頭を振って言う。「小銭がないようだ。これで頼む」ジョニーは再び鉛筆を取りあげると、伝票に「チップ一ドル」と書いた。

「ありがとうございます」ウエイターは言った。「昼食をお楽しみいただけたならいいのですが」

「うまかったよ！」

「同感だ」サムも舌なめずりをしながら叫んだ。

ダイニングルームから出ると、サムはびくびくしてささやいた。「早いとこずらかろうぜ！」

「どうして？　モールキン氏は今ホテルにいないんだぞ。おまけにここの常連でもない。でなきゃ、ベルボーイが呼び出す必要もないだろ。顔を知ってるんだからな。リラックスしろよ、うまい昼飯を食ったんだから、仕事にかからないとな」

ジョニーはポケットから借金取りのカードを取り出した。「ミス・アリス・カミングスか。いい名前だ。それじゃ、調べてみよう」

ジョニーはフロントに歩みよると、フロント係に近づいた。「ホテル信用調査会社（クレジット・ビューロー）から来たんだが」

ジョニーは言った。「ここに泊まっていた客について聞きたいんだ。ええと、四年前に」

「ずいぶん昔ですね」フロント係は言った。「そのかたのお名前は？」

「ミス・アリス・カミングスだ」

フロント係は目を光らせたが、頭を振って言った。「思い出せませんが、調べてみましょう……」

フロント係は仕切りの後ろへ行き、宿帳を出してきた。ほこりを吹き飛ばしながら戻ってくると、デスクの上で広げる。

「アリス・カミングス様でしたね？　見てみましょう」フロント係は宿帳のページに指を走らせた。

「ああ、ありました、七一五号室ですね。かなり長いことご滞在でした。なるほど、そうだろうと思いましたよ。ちょっと聞き覚えのある名前でしたから――」

「個人的に知り合いだったのか？」ジョニーはたずねた。

「はっきりしませんね。金髪のかただったと思います。いや、ブルネットだったかも」

「あるいは赤毛だったとか？」

「かもしれません。今度はどこのホテルで、宿泊費を踏み倒したんですか？」

「借金があったのか？」

「ここには四十六ドルとあります」

「一週間にいくらの部屋で？」

「いえ、宿泊費は週に十ドルですがね。追加料金を六ドル滞納していらしたもので」

「四週間も金を取らずに、彼女を泊めてたっていうのかい？」

「そのようですね。もちろん、細かいことはもう覚えていませんが。正直なところ、あの若いご婦人のことは、ほとんど思い出せないんですよ」

「若いってことはわかってるじゃないか」

「ふふ、女性のお客様は、皆お若いですよ」

「でも、ミス・カミングスは本当に若かったんだろ?」

「そうだったような気がしますね。よくは覚えていませんが、どうにか記憶をたどると、かなりお若いかただったように思います。二十代前半ぐらいの。魅力的だという人もいたかもしれません」

「転送用の住所は残していかなかったのかい?」

「ご冗談を。宿泊費を払わずに行方をくらましたと、申しあげたばかりでしょう」

「あわせてどのくらいここにいたんだ?」

「ああ、ずいぶん長いですよ。四か月、いえ、五か月近いでしょうか。しばらくは宿泊費を入れていましたが、そのうち滞納し始めました。彼女は有り金をはたき、結局四十六ドル未払い金が残りました。彼女を見たのはそれが最後です」

「手荷物は取ってあるかな?」

「手荷物といいますと?」

「トランクとか――バッグとか?」

フロント係は顔をゆがめた。「トランクには二ドルの値がつきましたよ。中は新聞紙でいっぱいでしたがね」

「毛皮のコートはどうだ?」

「毛皮のコート? 何を――彼女がそんなものを持っていたと、どうして知っているんですか?」

「このカードにそう書いてあるからだよ。彼女はアークティック毛皮会社から毛皮のコートを買い、七十四ドルばかりまだ未払いになっているとね」

フロント係は鋭くジョニーを見やった。「どうしてそんなことを知ってるんです？　信用調査会社の人だとおっしゃっていましたよね？」

「おれが？　いやいや、おれはきみが信用調査会社の会員じゃないのかと言っただけだよ。おれはただのしがない借金取りだから」

「借金取りですって？　私からあれこれ聞き出そうとするとは、あつかましいにもほどがある！」

「まあ、そうかもな」ジョニーはくすくす笑い、フロント係にウインクすると、大股に歩き去った。

サムが小走りについてくると、ジョニーは言った。「面白いな」

「面白い？　おれはびびりっぱなしで、ろくに食えなかったんだぞ」サムは叫び、不安そうに肩越しに振り返った。「さっさと出ようぜ」

「ちょっと待てよ」

ジョニーはドアのそばにいたベルボーイに近づくと言った。「いいホテルだね、きみ」

「どこら辺がですか？」ベルボーイは不機嫌にたずねた。

「ここには長いこといるのかな？」

「まだほんの数か月ですよ。なぜです？」

「ホテルの従業員がどのくらい仕事を続けるのか、調べているんだよ。例えばの話、フロント係以外で、ここに四年以上いるのは誰か知ってるか？」

「ドアマンでしょうね。楽な仕事だし、くだらない話も知ってますすよ」

「ありがとう。おれが話したいのは、その人のようだ」

ドアマンはホテルの外で、こっそりと煙草をふかしていた。すばやく一度か二度、すぱすぱ吸っては、煙草を手のひらに持ち、背後に隠し持つようにするのだった。

ジョニーはドアマンに歩みよった。「なあ」ジョニーは言った。「おれはペンシルベニア州のウィルクスバリから、家出した妹を探しにニューヨークへやってきたんだ。今度の聖燭祭（キャンドルマス）（西方教会の祝日。二月二日に祝われる）でもう五年になる」

「それはそれは」ドアマンは皮肉っぽく言った。

「妹の名前は」ジョニーは続けた。「アリス・カミングスだ。わかっている最後の住所がこのホテルなんだ」

「アリス・カミングス」ドアマンは考えこんでから言った。「ああ、覚えてますよ。なかなかの別嬪で――」

「もちろんそうだろう。でなければ、覚えていなかっただろうからな」

「ええ、確かに覚えてますとも。ちょっとばかり不運が続いて、部屋代を払えなくなったと聞きましたがね。あんたがたはご存じないでしょうが」

「かわいそうなアリス」ジョニーはため息をついた。「大きな街にひとりぼっちで金もなく、その身を温めるものといえば、ミンクのように見せかけた、安物の猫の毛皮だけとは！」

「この前見かけた時には、本物のミンクのコートを着てましたがね」ドアマンは言い返した。

「いつのことだ？」

「最後に見たのがですか？　ほんの一か月前ですよ」

「その時だけじゃなく、何度も見かけているのか？」

「もちろんですとも。ここに立ちっぱなしでいりゃあ、知った顔に残らず会うことになりますからね。あの子のことは、年に二回から四回ぐらい見かけますよ。うまいことやってるようでしたね。六か月から八か月ぐらい前には、カーマイケルの若旦那と一緒だったし。劇場から出たのはいいが、雨でタクシーが少なかったもんだから、ここでつかまえていったんです。あの子がタクシーに乗るのを、助けてやりましたよ」

「カーマイケルって、ビリー・カーマイケルのことじゃないよな?」ジョニーはたずねた。

「いえいえ、ヤング・ジェスですよ――ほら、食料品屋で一財産築いた、オールド・ジェス・カーマイケルの息子です」

「ああ、彼か。それはよかった！　妹は、どうやら無事みたいだな。どうもありがとう（サンクス・ア・ミリオン）」

「百万ドル（ミリオン）もいりませんよ。一ドルかそこいらでじゅうぶんですから」

「金を持ってればな。けど、持ってないんだ」ジョニーは言い返した。「カーマイケル食料品店に、そっくり貢いでしまったもんで」

「しみったれが！」ドアマンは腹立たしげに言った。

「その言葉、そのまま返すよ」

ジョニーはサムに合図し、二人は七番街に向かって歩き出した。「アリスがすきっ腹を抱えて苦しんでなくてよかったな」サムが言った。「ジェス・カーマイケルみたいな金持ちの男と結婚できりゃ、万々歳じゃないか」

「貧乏人に金をわけ与える役には立つかもな」ジョニーは言った。「しかし、カーマイケル坊やの名前は、ゴシップ欄でよく見る気がするぞ。とっかえひっかえ女に手を出しまくってるらしい。さて、腹ごなしにちょっと歩こうじゃないか」

二人は四十八丁目で右に曲がると、五十二丁目のほうへ歩き、五番街へ抜けた。すぐ向こうに、ボー・ジェスター・クラブがあった。とびきり上等なハンバーガーステーキランチ二人分を、十八ドル五十セントかそこらの値段で出す店だ。

ドアにはビロードのロープが張られていた。「お客様、申し訳ありません」ボーイ長がジョニーに言った。「三時ごろまで、お席は用意できません」

「ジェス・カーマイケル氏に、今日ここで昼食を一緒に食べようと言われたんだが」

「カーマイケル様ですか？　それは何かの間違いでしょう。カーマイケル様が、火曜日にここで食事なさることはありません」

「ここは、ボー・ジェスター・クラブだろう？」

「はい、お客様。ですがカーマイケル様は、火曜はいつも、ハノーバー・クラブで食事なさいます」

「なら、ハノーバー・クラブに来てくれってことなんだろう。ええと、三十八丁目だったね？」

「いいえ、違います。四十六丁目ですよ。五番街のすぐ東です」

「おや、そうか。ありがとう」

二人は五番街に戻り、南に曲がった。数分後、二人は、世紀が変わるころからハノーバー・クラブに場所を提供している、すすけた建物に入っていった。

中に入ると、今建物にいるメンバーの記録を取っている副ドアマンが、二人を迎えた。「はい、なんでしょう？」

「ミスター・ジェス・カーマイケルを頼む。ここでおれたちを待っているんだ」

「お名前は?」

「フレッチャーとクラッグだ。でも、大丈夫だよ。おれたちは彼と昼食を食べることになっているから、ダイニングルームで探してみるよ」

「申し訳ありませんがお客様、それは当クラブの規則に反します。カーマイケル様の許可をいただかないと。カーマイケル様を呼んでこさせましょう」副ドアマンは帳面に何か書きつけると、ベルを鳴らして呼んだ。「誰か! フロントへ!」

ベルボーイがすばやく進み出ると、案内係のドアマンはベルボーイに紙片を渡して言った。「カーマイケル様をお呼びするように」

ベルボーイは出て行ったが、たっぷり五分は戻ってこず、ジョニーとサムは副ドアマンのデスクの前で待たされた。しまいにベルボーイは、自堕落な雰囲気の、三十代ぐらいの赤ら顔の男を連れて戻ってきた。ベルボーイがジョニーとサムのほうを示すと、ジェス・カーマイケルは二人をぼんやりと見た。

「どこかでお会いしたかな?」

「いや、まだだよ」ジョニーは答えた。「おれはフレッチャー、こっちは相棒のサム・クラッグだ」

ジェスは短くうなずいたが、握手をしようとはしなかった。

「保険の勧誘なら――」

「いや、違う」ジョニーは言った。「別に、何か売りにきたわけじゃない。あんたに感謝を示すためだけに、こうして会いにきたのさ」

「どういうことだ?」ジェスはまだ疑わしそうにたずねた。

「妹のことでな。ずいぶんよくしてもらったようだから」

ジェスはひるんだ。「フレッチャーと言ったね？　ぼくはその、そんな名前の子は知らないと――」

「いや、妹はこの名前をもう使っていない。家出した時に名前を変えたんだ」ジョニーは効果を狙って間を置いた。「アリス・カミングスとな」

今やジェスは本気でたじろいでいた。「ええと、あの、その、アリス・カミングスだって？」

「違う、違う。ただのアリス・カミングスだよ。『ええと』とか『あの』とか『その』は必要ない。アリスはおれのことを、あんたに話しただろ？」

「いいや！」ヤング・ジェス・カーマイケルは激高した。「兄弟のことなんて話さなかった。きみがアリスの兄だなんて、とても信じられないね」

ジョニーはちっと舌を鳴らすと、サムにむかって訴えた。「サム、この人に言ってくれないか。おれはかわいいアリスの兄なのか、そうでないのか？」

「ああ、わかった」サムは言った。「アリスはおれたちの妹――じゃねえ、あんたの妹だ」

「恐喝だ！」ジェスは叫んだ。「ぼくを恐喝しようというんだろう」

「まあ、それも悪くはないかもな」ジョニーは言った。「いけないことをしたら、代価を支払わなくっちゃな。その件について少し話をしないか？」

「い、いくらほしいんだ」ジェスは息をつまらせながら言った。

「中で話しあわないか？」

「だめだ！　いくらほしいのか言ってくれ。ぼくが知りたいのはそれだけだ」

「なら、取引をしよう。あんたには、寛大すぎるぐらいの取引だ。ただ一つの条件で、あんたのいやしい所業は忘れてやることにするよ。アリスの住所を教えてくれ。今ここで——すぐに」

「それだけでいいのか？　本当に？」

「それだけだ。ほかには何も要求しない。絶対に」

「シャトー・ペラムだ。五番街の」

「ミスター・カーマイケル」ジョニーは言った。「あんたは物知りで、しかも紳士だ。感謝するよ」

ジョニーは踵を返しかけたが、ジェス・カーマイケルはぶるっと全身を震わせ、だしぬけに手をのばすとジョニーの腕をつかんだ。「——理解できないな」

「そうだろうね」ジョニーは言い、クラブを出た。

外に出ると、サム・クラッグが大声をあげた。「おいおい、ジョニー。いくらなんでもひどすぎるだろ！」

「おれは何もしてないぞ。法廷で証言できないようなことは、何も言ってない。カーマイケル坊やの良心のせいだよ。おれの言うことをいちいち誤解しまくってたようだが、うしろめたい気持ちがあるから、そういうことになるのさ」

「今度はどこへ向かうんだ？」

「シャトー・ペラムだよ、決まってるだろ。アリスがいてくれるといいんだが。そろそろ歩くのも疲れてきた。帰りは何か乗り物でも使おう」

第三章

「ミスター・カーマイケルがよこした者だと言ってくれ」ジョニーはシャトー・ペラムの電話交換手に言った。

交換手は電話でジョニーの言葉を繰り返すと、ジョニーに向かってうなずいた。「四－Dです」

二人は自動式のエレベーターで四階にあがった。四つのドアが、四階のそれぞれの部屋へ行く廊下へと通じていた。ジョニーは四－Dのブザーを押した。

アリス・カミングスがドアを開け、ジョニーは〈チェスタートン・ホテル〉のフロント係が、なぜ今もアリスを覚えているのかを悟った。アリスはそれだけの価値がある女だった。ブロンドで、背が高く、スタイルはそこまでよくはなかったが、マリリン・モンローにそっくりだった。

「どちら様？」アリスはとろけた溶岩のようなやわらかい声で言った。ジョニーの後ろで、サム・クラッグが低く口笛を吹いた。

「今しがた、クラブでジェスと別れてきたばかりなんだが」ジョニーは言った。

「酔ってないわよね？」アリスは返事を待たずにドアを開け、ジョニーとサムはアリスの部屋へ入った。

すばらしい部屋だった。月に二百ドル前後、もしかすると三百五十ドルぐらいは家賃がかかりそうだった。

「飲み物を持ってきましょうか？」アリス・カミングスは甘い声でささやいた。

「手短に言おう」ジョニーは言った。「四年前、アークティック毛皮会社から、毛皮のコートを買っただろ？」

アリスの顔から親しげな態度が消えうせた。「なんですって？」アリスは甲高い声で叫んだ。

「七十四ドルが未払いになってる。細かい紙幣でもいいんだが」

「何を言うの、この薄汚い――」アリス・カミングスは言いかけたが、ぐっと自分をおさえた。「どういうことなの、何かの冗談？」

「お嬢さん、アクミ清算会社は冗談など言わない」ジョニーは手厳しく言った。「おれは借金取立人だ。あんたが毛皮を持って行方をくらましたから、こうして追いかけてきたんだよ。今日がＡＡＡへの支払日だ。現金で七十四ドル。小切手は受けつけない」

「ふふ、笑えるわ」アリスはまるでおかしくなさそうに言った。「よくできた冗談ね。さあ、もう帰ってもらえるかしら。デートの約束があるの」

「警官とするがいいさ」ジョニーは答えた。「コートをちょろまかして逃げるのは、れっきとした法律違反だからな」

「そうですよ、お嬢さん」サム・クラッグが口を出した。「マンドリンを買ったら、ちゃんとお金を払わなくっちゃね。間違っても、ダルースで質に入れるなんてことは、しちゃあいけない」

アリス・カミングスは乱暴にドアを開けた。「帰ってよ、このごろつき！」

ジョニーはドアを手でおさえ、閉めなおした。「現金を――でなければ、コートを」

「コートですって？　あんなウサギ皮、何年も前にすり切れてしまったわ。安物に値打ち以上のお金を払わされたっていうのに」

「アクミ清算会社の連中は、そんな言いぐさは通らないと言うだろうな。アクミ清算会社がそう言うなら、そういうことなんだよ。おれたちは猟犬だ。お金をもらうか、血を見るか――こいつは脅しじゃないからな、お嬢さん。現金で七十四ドル払ってもらえないなら、口笛を吹く」

「七十四ドルなんて、持ってないわ。もし持っていたとしても絶対に――」

「いや、払うとも。七十四ドルの支払い額は変わらない」

「ねえ、ちょっと待って」アリスは急に必死になって言った。「ジェス・カーマイケルの名前を出したから、あなたたちを中に入れたのよ。いったい――どうやってジェスのことを知ったの？」

「ジェスに会ったんだよ、お嬢さん」サムが叫んだ。「ハノーバー・クラブで話をしたんだ。あの男ときたら、おれたちがまるで――」

「黙れよ、サム」ジョニーは叫んだ。「だがお嬢さん、サムの言うとおりだ。この部屋の住所を教えてくれたのは、ジェス本人だよ」

「ジェスが」アリスは小声で言った。「それでこんなことになったっていうのね」

「七十四ドルを」ジョニーは無情に繰り返した。

アリスはおもむろに向きを変え、大股で寝室に入っていった。そしてすぐに、ハンドバッグを持って戻ってきた。「わかったわ」アリスは腹立たしげに言った。「お金を持っていって。ついでに、札束を喉にでもつまらせればいいのよ！」

アリスは乱暴にバッグを開けると、財布を取り出し、ありったけの札束を抜き取った。ジョニーは紙幣を数えて首を振った。

「お嬢さん、五十七ドルしかないんだが。十七ドルたらない」

「今持っているのはそれだけよ。残りは小切手を送るから」

「話を聞いていなかったみたいだな。小切手はだめだ」

「それなら、明日また来て！」

電話が鳴り響き、アリスは受話器を取った。「もしもし？」話を聞いていたアリスの顔に、ふいにぎょっとしたような表情が浮かんだ。「ミスター・カーマイケルね。わ、わかったわ。ここへ来るように伝えて」

アリスは受話器を叩きつけると言った。「出て行って。今すぐに」

「十七ドルもらわないと……」

「それしかないって言ってるでしょ」

「ミスター・カーマイケルが貸してくれるさ」

「だめよ！」アリスは絶叫した。「あなたたちがいるのを、見られるわけにはいかないわ。出て行って――今すぐに！」アリスはパニックになってくるりと向きを変えると、狂ったように部屋を見まわした。そして、テーブルに置かれた装飾品らしきものに目をとめた。四インチぐらいの大きさの、白鳥かガチョウの銅像だった。アリスはテーブルにかけより、銅像をつかんで戻ってきた。「ほら、これを持っていって。十七ドル以上は入っているわ。これを持ってさっさと消えて」

ジョニーは銅像を手に取り、振ってみた。首の後ろに、コインをいれるための穴が開いている。銅像は重く、ちゃりんとコインがぶつかる心地よい音が響いた。

「ブタの貯金箱か」ジョニーは言った。

「いや、ガチョウだろ！」サムが叫んだ。

「お願いだから――もう行って」アリスがジョニーをドアのほうへ押しやり始めながら言った。

「わかったよ。おれは空気の読める男だからな」

ジョニーがドアを開けて外に出ると、サムもすぐ後に続いた。ジョニーは廊下で、エレベーターのボタンを押した。

「やれやれ」サムが言った。「かわいそうなことをしたな」

「よせよ。あの子はしたたかな女だ」

エレベーターのドアが開き、ジェス・カーマイケルがおりてきた。ジョニーが乗りこむと、ジェスは、ぱっとジョニーのほうを振り返った。

「おい、きみたち！　ここで何を……」

「それじゃあ、また」ジョニーは下降ボタンを押し、エレベーターのドアはジェスの鼻先で閉まった。

サムが言った。「男なら、女の子を手荒に扱うべきじゃないぜ」

「その必要があったんだよ」ジョニーは答えた。「明日で三週間になるのを忘れるなよ。ピーボディがおれたちを叩き出すつもりなのは知ってるだろ。それに、昼飯をたっぷり食えたから、そんな風に思えるってことも忘れないでくれ。それまでどんなに腹をすかせてたか、思い出してみろよ」

「まだ食えるぜ」

ロビーに着くと、二人はエレベーターからおりた。交換手がうさんくさそうに二人を見やり、二人の姿を目で追った。

第四章

〈四十五丁目ホテル〉の部屋に着くと、ジョニーはコートを脱ぎ、ベッドに腰をおろした。銅製のガチョウの貯金箱を逆さにして、振ってみる。何も起こらず、ジョニーは貯金箱にコインを入れるための穴を調べた。

「一方通行みたいだな」ジョニーは言った。「けど、入るんなら出てもくるはずだ」

「ガキのころ、ブタの貯金箱をいじるのが、結構得意だったぜ」サム・クラッグが言った。

「おれもだ。だが今はすっかり腕がなまっちまった」ジョニーが貯金箱を勢いよく振ると、コインが一枚ベッドカバーの上に落ちた。ジョニーはコインをつまむと言った。「インディアンヘッドペニー（一八五九年から一九〇九年まで発行された銅貨の通称）じゃないか！」

「へえ、こんなもの長いこと見てなかったぜ」サムが叫んだ。

「一九〇七年か」ジョニーはコインの日づけを見ると言った。「レアものかもしれないとは思うが、ちょっと新しすぎるようだな」ジョニーが貯金箱をもう一度振ると、今度は十セント硬貨が落ちてきた。一九一二年のバーバー・ダイム硬貨（一八九二年から一九一六年まで製造された、C・E・バーバーがデザインした十セント硬貨）だ。

「アリスのばあさんがコインをためてたに違いない」ジョニーは言い、貯金箱を振り続けた。三枚目のコインも、一九〇二年の一セント硬貨だった。

「なんで、こんなものを青銅なんかで作ったんだろうな?」ジョニーは不平をもらした。「中身を全部取り出しても、苦労のわりに、得るものが少なそうだ」

「おれが平たくしてもいいぜ」サムが提案した。

「穴がよけいせまくなっちまうかもしれない」ジョニーがため息をつく。「この手の貯金箱をどうにかするには、面倒くさい方法しかないんだよ」

「また腹がへってきた」サムがぶつぶつ言った。「あれだけ歩いたしな」

ジョニーはアリス・カミングスから渡された金の中から、五ドル札を抜き取った。「ほら、もう一枚ステーキを食ってこいよ。その必要があるだろ――最近は満足に食えなかったからな」

「あんたは来ないのか?」

「いや、おれはしばらく食い物はいい。作業を続けることにするよ」

サムはためらったが、胃袋には勝てなかった。「一時間で戻る」サムは言い、出て行った。

ジョニーは貯金箱を振り続け、数分後、十セント硬貨と一セント銅貨を一枚ずつ抜き出した。どちらもかなり古かったが、たいした値打ちはなさそうだった。

ジョニーは手足をのばそうと立ちあがったが、ドアが開き、借金取りのキルケニーが部屋に入ってきた。にやにやと意地悪そうな笑みを浮かべている。

「ノックもなしか?」ジョニーは怒った。

「借金取りは、ノックなんかしねえんだよ」キルケニーは上機嫌で答えた。「借金取りを好きなやつなんかいねえしな。どいつもこいつも、できるもんなら中へ入れずに締め出そうとしやがる」キルケニーは、ベッドの上の札束に目をとめると続けた。「おいおい、フレッチャー、うまくやったみてえだな。まさか、アリス・カミングスから金を集めてきたわけじゃないだろ?」

「そうに決まってるじゃないか。アリスを見つけて金を取ってくると言ったから、実行したまでだ」

「たいしたもんだ」キルケニーは感激してみせた。「ほめてやるぜ。おれも明日までここへ来る気はなかったんだが、道を渡ってたら、たまたまおまえの相棒が、どこかへ歩いてくのを見ちまってな。あの馬鹿でかいうすのろ男が！」

「サムはすぐに戻ってくるさ」ジョニーは落ち着きなく言った。

「そうだな、だがまず、取引を済ませようじゃねえか。七十四ドルだったよな、え？」

キルケニーはジョニーの横から手をのばすと、札束をつかみ取った。すばやくあらためてから言う。

「おい、五十二ドルしかないぞ」

「アリスがそれしか持っていなかったんだ」

「まあ、五十二ドルあれば上出来だな。たまにだが、仕事を途中で切りあげることもある」

「そのとおり」ジョニーは言った。「それに、あんたが前に言ってたとおり、相手が金を持ってなかった時には、問題にならないんだろ。だが、ここには借金額のほとんどがあって、おれが集めたんだ。だからあんたはおれに、十ドルの借りがある」

「ううむ」キルケニーは言い、唇をすぼめた。「わかった、賭けはおまえの勝ちだ。十ドル引いといてやるよ――」

「引く？」

「そうそう、おまえの借金からな」

「おい、ちょっと待て」ジョニーは怒って言った。「おれはあんたに借金なんかないぞ」

「おまえの相棒にはあるだろ。同じこった。マンドリンを質に入れた時には、どうせおまえもその金を使ったんだろ」

「それで済むなんて思ってないよな」ジョニーはかみついた。「苦労して金を集めたんだぞ。おれの取り分をよこせ」

「なら、取ってみろよ」キルケニーは意地悪く言った。「口でどうにかしたらどうだ。おれをしゃべり負かせると言ってただろ。やってみろよ、聞いててやるから」

ジョニーは借金取りを説きふせようとした。「話しあう時間はあるし、それに——」

「殴りあう時間もある。だろ?」キルケニーは叫び、ジョニーをこぶしで容赦なく殴った。こぶしはジョニーの頬骨にあたり、ジョニーはベッドの向こうまで後ろ向きに吹き飛んだ。

キルケニーはジョニーの前に立ちはだかると言った。「あのゴリラがいなくて残念だったな。まだやるか?」

ジョニーはためらった。大男の借金取りは、ジョニーより少なくとも四十ポンドは体重がありそうで、ジョニーには荷が重すぎた。ジョニーは言った。「サムが戻ってくるまで、その辺で待ってろよ」

「そんなことをする意味もねえな」キルケニーはせせら笑った。「けど、またすぐに会えるさ。おまえがもっと金を稼いだら、すぐにな……」

キルケニーは出て行き、ドアが閉まった。

ジョニーは頬に触ってみた。すでに腫れていることがわかると、バスルームへ行き、顔に冷たい水を浴びせる。それからタオルを水にひたし、顔にあてたままにしてベッドへ戻った。貯金箱を取りあげ、前より熱をこめて振り始める。今のジョニーには、貯金箱の中の一セント、十セント、二十五セント硬貨が、なんとしても必要だった。

第五章

　サム・クラッグが戻ってきた時、ジョニーは最後のコインをガチョウの貯金箱から抜き出したところだった。一セント硬貨だ。

「だまされたみたいだな」ジョニーは言った。「十七ドルも入ってないぞ」

「一セントと十セントと二十五セントばっかりだな」

「しかもほとんど古いコインばかりだ」ジョニーは十セント硬貨と二十五セント硬貨の山をすくいあげた。「おい、数えてくれ」

　サムが十セント硬貨と二十五セント硬貨を数えている間に、ジョニーは一セント硬貨を数えた。しばらくして、ジョニーは言った。「九十八枚あるな……」

「こっちは十セントが二十四枚、二十五セントが十二枚だ」サムが言った。

「二ドル四十セント、九十八セント、三ドルか――全部で六ドル三十八セント」

「貯金箱もいくらか値打ちがあるんじゃないか」サムが指摘した。

「ああ、四十セントぐらいにはなるな」ジョニーは答え、ガチョウの貯金箱を持ちあげた。ずっしりと重い。ジョニーはしばらく貯金箱をためつすがめつしてから言った。「イカす鳥だ。しかし片足がもう一方より小さくなっているな」

「そこに何か意味でもあるっていうのか？」

ジョニーは肩をすくめた。「鋳型に欠陥でもあっただけだと思うけどな。四十九セントかそこらで売られてるような代物だぜ」

サムは自分でガチョウの貯金箱を持ちあげた。「一本足のガチョウだな」サムは貯金箱をしげしげと見つめ、しまいにポケットから爪やすりを取り出すと、表面の青銅をひっかいた。しかし結局、頭を振って言った。「間違いなく青銅だな。一瞬、実は金かもとか期待しちまった」

「きっと何かあるんだ」サムは言い、ベッドの上にある二つのコインの山に目を向けた。「こっちの十セントや一セントはどうだ？　ずいぶん古めかしく見えるが。レアものかもしれないとか、前に言ってただろ」

「コインにはあまりくわしくないんだ」ジョニーは言った。「くわしけりゃよかったんだけどな。調べてもいいが、どれも新しすぎるような気がする。一番古いのでも、たかだか一八六〇年ぐらいだからな」ジョニーはしばらく考えこんだ。「タイムズスクエアの雑誌売り場に、レアもののコインに関する本があったと思う。一ドルかそこらだったから、金があれば買えるんだが」

「金ならあるだろ」サムが思い出させた。

「いや、ないよ」ジョニーは答え、サムが部屋に入ってきてから初めて、まともにサムのほうへ顔を向けた。

「どうしたんだ？　どこかにぶつけたのか？」サムは叫んだ。

「ああ、ぶつけたんだよ。キルケニーのげんこつにな。おまえが出て行ってすぐに、やつがここに来たんだ」

「殴られたってのか？」サムは叫んだ。「くそ、八つ裂きにしてやるからな」

「ああ、戻ってきたらな」ジョニーは重く息を吐き出した。「キルケニーが金を持っていっちまった
――あの五十二ドルを」

「あんたが金を取ってこれたら払うって言ってた、十ドルはどうしたんだ？」

ジョニーは頭を振った。「マンドリンの代金にあててやるとさ」

「なんだと、汚いやつだな」サムは毒づいた。

「ああ、まったくだ。そういうわけでおれたちはまたオケラになっちまった。あるのは、そこの一セント、十セント、二十五セントの山と、それから……」ジョニーの目が光った。「おれが渡した五ドル札は、いくら残ってる？」

サムはひるんだ。「ものすごく腹がへってたんだ」

「たっぷり昼飯を食っただろ。いくらだ……」ジョニーは手を差し出した。

サムは恥じ入りながら、くしゃくしゃになった一ドル札と、いくらかのばら銭を出した。「一ドル四十五セントだ」

ジョニーはうめいた。「昼飯を食ったばかりだってのに、三ドル五十五セントも食ったっていうのか？」

「食ったのは三ドル五セントだけだ。半ドルはチップだよ」

「部屋を追い出されるかどうかの瀬戸際だってのに、五十セントもチップを出すとはな！」ジョニーは怒鳴った。

「でも、あんただって〈チェスタートン・ホテル〉のウエイターに一ドルチップをやっただろ」

「おれは一銭も出してない」ジョニーはわめいた。「伝票にそう書いただけだ。モールキンだか誰だかが、あの金を払うとは思ってないよな?」

「おれにわかるわけないだろ?」サムは弁解がましくうなった。「あんたがあの手の離れ業をやる時には、いつも六周分ぐらい、置いてけぼりをくってるんだからよ。とにかく、今あるのは一ドル四十五セントと、そこの十セント、一セント、二十五セントだけだってことだ」

「ピーボディがおれたちを路上に放り出すのを阻止できるほどの額じゃないな。それに、このコインには、まだわからないことがある。おれが思っているよりも値打ちものなのかもしれない。ピーボディにやっちまってから、一万ドル近くの値がつくとわかるなんてのは、真っ平だしな」

「一万ドル?」サムは叫んだ。「そんなになるかもしれないってのか……?」

「調べてみるさ。善は急げだ。来いよ」

ジョニーがコートを着ると、二人はホテルを後にした。五番街に渡り、南に曲がって四十二丁目をめざし、大図書館であるニューヨーク公共図書館へ入った。

ジョニーはカード目録でレアもののコインについての本を探した。数分後には、広い閲覧室で、ジョニーに本が渡された。ジョニーはサムをしたがえ、テーブルの一つに本を持っていくと、すばやくページをめくり、インディアンヘッドペニーの項を開いた。

「ほう!」ジョニーは叫んだ。「一八五六年、フライングイーグルセント、値は百ドル以上――」

「すげえ!」サムも叫んだ。「そのコインはあるのか?」

「いや、一番古いのでも一八六〇年だったと思うが。すぐに調べられるさ。ほら、一八六一年の一セント硬貨、値は五十セントから一ドル……」

「じゅうぶんだろ」

「悪くないな。けど、これを見ろよ——ほら、一八六四年、最高三十ドル」

「一セントでか?」

「ここにはそう書いてある。こっちにもあるな、一八七一年だ。一番すごいのはこれ、一八七七年、最高五十ドルだとさ」

「ヒュー!」サムは叫んだ。

テーブルの向こうで年配の利用者が人差し指を口にあて、鋭く「シーッ!」とささやいた。

ジョニーは数ページにざっと目を通した。「こっちは十セントだ。ううむ、似たりよったりか、ちょっと少ないぐらいだな。おやおや、例外があるぞ。一八九四-O、最高二千四百ドル!」

「そのコインはあるのか、ジョニー?」

「わからないが、たぶんないと思う。二十四枚しか作られてないと書いてあるからな」

「見ろよ、全身鳥肌が立っちまった」サムはまばたきをし、しのび笑いをした。「ガチョウの貯金箱で、鳥肌か」

テーブルの向こうで、年配の利用者が爆発した。「おいこら、図書館でおしゃべりは禁止だぞ。頼むから、口を閉じてくれ!」

「了解!」サムは大声で答えた。

「おい」ジョニーは言った。「十セントと一セントの項をそっくり書き写すぞ。鉛筆は持ってるか?」

「持ってないのは知ってるだろ。書くものなんか持ち歩いてねえよ」

ジョニーはテーブルの向かい側を見やった。「すまないが、鉛筆があったら貸してもらえないか?」

「静かにしてくれるなら、ここに万年筆がある！」年配の利用者は怒鳴った。

「ありがとう。ついでに、紙を二枚ほど持ってたりはしないよな？」

利用者はうなり声をあげた。「ほら——ノートブックがあるから、ページをちぎって使いたまえ。さっさと書いて、しばらく静かにしてくれんかね」

ジョニーは十五分か二十分の間、猛烈な勢いで書き続けてから、万年筆を返して紙をかき集めた。

「これで用がたりる。じゃあな、万年筆と紙をありがとう」

二つ向こうの席で、分厚いめがねをかけた体格のいい男が、音をたてて椅子を後ろへ押しやった。

「なんだってここはこんなにやかましいんだ！」

ジョニーは唇に指をあてて言った。「シーッ！　図書館で大声をあげるのはルール違反だ」

ジョニーはくすくす笑って閲覧室の外へと歩き出した。サムが後に続いた。

二人は四十二丁目を進み、道を渡り始めた。雑誌売り場のそばを通り過ぎる。ジョニーは新聞に視線を投げたが、見出しに目を奪われ、くるりと向きを変えた。その口からひとりでにうめき声がもれた。

「どうしたんだ？」サムがたずねた。

ジョニーは新聞をたたむと売り子に五セントを払い、道を横切った。新聞を広げ、サムに見出しを見せる。

プレイボーイ、愛人宅で殺される！　五番街、ブロードウェイ・ショーガールの部屋でジェス・カーマイケル三世の死体発見！

「なんだって！」サム・クラッグはあえいだ。「おれたちが今日の午後、行った部屋じゃないか」

ジョニーは記事を読み続けたが、読み進めるほどに、その息づかいは重くなっていった。しまいに
ジョニーは新聞をおろすと言った。「面倒なことになりそうな気がする」

「おれたちがやったわけじゃないだろ」サムは叫んだ。

「おれたちは自分が無罪だと知ってるが、おまわりはどうかな？ 見ろよ、ここにこう書いてある。

『美貌の元ショーガールは、警察に二人組の男の名を明かしている。件の男たちは、事件の直前に彼女の部屋を訪れ、危害を加えると脅したのだという』。おれたちのことだぜ、サム」

「おれは脅したりしてないぞ」サムは文句を言った。「女を傷つけたりするもんか」顔をしかめて続ける。「思うに、アリスが自分でやったんじゃないのか」

「心配するな」ジョニーは言った。「第一容疑者はアリスだからな」ジョニーは再び新聞を調べ、読みあげた。「『ミス・カミングスは、ヤング・カーマイケルと口論をし、怒って部屋を飛び出したことを認めているが、その時にはカーマイケル氏は生きていたと主張している。一時間後に部屋に戻ってみると、廊下に通じるドアのすぐ内側に、カーマイケル氏の死体が転がっていたのだという……』」

「どうやって殺されたんだ？」

「撃たれたとあるな。警察は銃を見つけられなかったらしいが。建物の中で銃声を聞いた者も、まだ見つかってないらしい」

サムはうなり声をあげた。「こいつはきっと厄介なことになるぞ。おれたちは街じゅう走りまわって、ジェスのことをかぎまわってたんだからよ――」

「わかってるさ」ジョニーは言った。

「地下鉄を使おう」サムが言った。「例の十セントの山もあるし。半時間もあればニュージャージーまで行けるぜ」

「そいつはうまい考えじゃないな！」

「ああ、おれもニュージャージーは好きじゃない。なら、ヨンカーズまで地下鉄で行って、そこから北へ向かうのはどうだ。北なら、カナダへ行けるだろ？」

「警察がどうしてもおれたちをつかまえたがっていたら、カナダでつかまるさ」

「ジョニー」サムはふいにパニックに陥って叫んだ。「まさか、また探偵のまねをするつもりじゃないよな？」

「誰が、おれがか？」ジョニーはすましてたずねた。

第六章

〈四十五丁目ホテル〉のロビー、エレベーターの近くには、ピーボディ氏の姿があった。「おや、ミスター・フレッチャー」ピーボディは言った。「ミスター・クラッグも。ごきげんいかがですかな?」

「最悪だ」ジョニーは不機嫌に言った。

「おい」エレベーターに乗りこみながらサムが言った。「どうしてやつは急に愛想がよくなったんだ?」

「明日のことを考えてるんだろ。おれたちを放り出せる時のことをな」

八階に着くと、二人は八二一号室へ向かった。ジョニーは部屋の鍵を開けようとキーを取り出したが、キーを差しこむ前にドアが内側から開き、殺人課のマディガン警部補が、機嫌よく声をかけてきた。「よう、フレッチャー。調子はどうだ」

「おまわりじゃねえか!」サムが叫んだ。

「あのいまいましいピーボディめ」ジョニーは罵った。「あいつがあんたを中に入れたんだな?」

「おれを締め出せるわけがあるか?」マディガン警部補はほがらかに言い、目でサムの寸法をはかった。「少し体重が落ちたんじゃないか」

「絶食してたもんでな」

「そいつは気をつけないとな」マディガンは言った。「さて、座って話をしないか?」

部屋には二つしか椅子がなかったが、マディガンはくつろいだ様子でベッドの端に座った。窓のそばの大きなモリス式安楽椅子に座ろうとしたジョニーは、部屋の一人用化粧台の引き出しが、引き抜かれているのに目をとめた。

「おれたちの持ち物を調べたんだな?」ジョニーはとがめた。

「当然だろう」

マディガンは四十歳前後の大柄な男だった。すこぶる誠実で公正そのものの有能な刑事だったが——それでも警察には違いなかった。ジョニーやサムとは数年来の知り合いだったが、事件を捜査中の刑事の前では、知り合いであることなどなんの役にも立たないと、ジョニーは知っていた。

マディガンはジョニーの手の中にある、折りたたんだ新聞を指さした。「もう事件については読んだようだな、なるほど」

「だからさっさと地下鉄に乗ればよかったんだ」サムがにがにがしげに言った。

「ミス・カミングスは、おれたちが来たことを話したんだろ」ジョニーはそっけなく言った。「その理由は話したのか?」

「ああ、あまり感心できなかったたな。驚いたぞ、フレッチャー」

「金のためだ」ジョニーは言った。「借金取りを好きなやつはいないが、おれには金が必要だったし、彼女には払えるだけの余裕があった」

「なんの話だ?」

「おれたちが、ミス・カミングスの部屋に行った理由だよ。聞いたんじゃなかったのか」

「ミス・カミングスは、おまえたちが恐喝をしようとしたと言っていたぞ」

「おいおい！」ジョニーは叫んだ。「恐喝だって！　ひどい言われようだな――」

「殺人よりはましだろう。恐喝が殺人につながることもあるがな」

「少し話を戻そう」ジョニーは言った。「おれが彼女の部屋に行った理由は一つだけ――借金を取り立てるためだ。ミス・カミングスは、四年前に毛皮のコートを買ったが、金を払っていなかったんだよ」

マディガン警部補は疑わしげにジョニーを見た。「ジョニー・フレッチャーが、借金取りだって？」

「悪いか？」ジョニーは言い返した。「借金を踏み倒して逃げたやつから金を取る方法を一番よく知っているのは、同じ穴の狢に決まってるだろ？」

殺人課の警部補は含み笑いをした。「自分でそれを言うのか！」

「ずっと余計な手間をかけずに生きてきたからな。あんたには率直にいくことにしてる。長年の知り合いだしな。おれたちはオケラのすかんぴんだ。ピーボディは明日、おれたちを叩き出すつもりでいる。だからＡＡＡの借金取りがここに来た時――」

「ＡＡＡ？」

「アクミ清算会社だ」

「マンドリンなんかのためにな」サムがさえぎった。「あの会社の連中ときたら、子供だってひけるとか言いやがるから――」サムは言いかけたが、ジョニーのしかめ面を見ると、ぴたりと口をつぐんだ。

「子供だってひけるマンドリンがどうした」警部補が促す。

「そんなことはどうだっていいんだ」ジョニーはいらいらと言った。「肝心なのは、おれとその借金取りが、ええと——議論をして——」

「おれがやつに投げ技を決めてやった後にな」サムが割りこんだ。

「売り言葉に買い言葉で」ジョニーは続けた。「やつと賭けをすることになったんだ。やつが追ってる逃亡者を追跡して、金を回収できたら十ドルってことで、このカードを渡された……」ジョニーはポケットから、アリス・カミングスの名が入ったAAAのカードを取り出した。

警部補はジョニーの手からカードをひったくり、考えこみながらしばらく調べた。「六十九ドル九十五セントの毛皮のコートね。今は、ミンクのコートを持ってたぞ」

「けど今日まで、ウサギ皮のコートの金を払ってなかったんだ」

「それで払ったのか?」

「ああ。おれたちは金を取りにいったんだって、ずっと言ってるだろ。彼女は怒ったが、金を払うまで、おれが出て行かなかったんだ」

マディガンは指でぱちんとカードをはじいた。「このカードの住所は、〈チェスタートン・ホテル〉になっている。ミス・カミングスが五番街にいると、どうしてわかったんだ?」

「追跡したのさ。優秀な借金取りがやるようにな。〈チェスタートン・ホテル〉のドアマンが、しばらく前に、ジェス・カーマイケルと一緒にタクシーに乗りこむ彼女を見たと言っていた。ジェスはアリスより追跡しやすかったから、おれは標的をジェスに切りかえた。ハノーバー・クラブでジェスをつかまえ、ジェスをだましてアリスの住所を聞き出した」

「だました?」マディガンが言葉尻をとらえた。

「ちょっと言いくるめただけだよ。それで、あの子の部屋へ行った。アリスは支払いをしぶり、仕事は難航しそうだったが、その時電話が鳴った。ロビーからで、ジェスが来たという電話だった。アリスはおれたちをさっさと追い払うことができず——金を払った。部屋を出た時、ジェスに出くわしたが、ぴんぴんしていたぞ」

マディガンはAAAのカードを指で叩きながら、眉をしかめた。「ふむ、おまえたちの話は確かにこっちの情報と一致するな——ジェス・カーマイケルとほぼ入れ違いに部屋を出た、という点に関してはだが。しかし、恐喝うんぬんに関しては、アリス・カミングスの話と食い違うぞ」

「あんたが手に持ってるカードは、借金取り立ての証明になるだろ」

「そうだな。だが、おまえたちが取り立てのために、彼女を脅迫しなかったとは言えないぞ」

「なんと言って脅迫するんだ？」

「ジェス・カーマイケルに過去をばらすとでも言えただろ」

「ばらすような過去があるのか？」

「おれが知るわけないだろ？」マディガンはいらだたしげに言った。「ショーガールなんだから、いろいろあっただろうよ」

「カーマイケル三世だか四世だかも、いろいろあったのは同じだよ。それに、ジェスはあの子と結婚しようとしてたわけじゃないんだろ？　それともしようとしてたのか？」

「うむ、彼女はそう言っているんだがな。結婚の約束をしていたと」

「ジェスの父親は知っていたのか？」

マディガン警部補はためらったが、そのうちに肩をすくめた。「オールド・ジェス・カーマイケル氏には、そう簡単に接触できない。おれ、というか、警察本部長補佐が、話をする約束をしているんだが」

「なるほどね。あんたは、大物と話せるほどえらくはないってわけだ」

マディガンは顔をしかめた。「警察署は、慣習(プロトコル)にしたがうんだよ」

「ああ、そうだろうな」ジョニーは言った。

「プロト……プロトコルってのはなんだ？」サムがたずねた。

その時、ドアを控えめにノックする音がした。ジョニーが大股でドアに歩みより、乱暴に開けると、ピーボディがおずおずと入ってきて、マディガン警部補に目を向けた。

「よろしければ、その、ええと――」

「だめだ」ジョニーはそっけなく言った。

「あんたには言っていません」ピーボディはかっとなった。

「おれがぱくられるのかどうか、聞こうとしたんだろ」

「さあ？　どうせ明日の朝には、部屋を出て行かれることですし……」

「誰がそんなことを言ったんだ？」

「私がです」ピーボディはきっぱりと言った。「部屋代という、ささいな問題がありますからね」

「客の前で、言わなけりゃならないことなのか？」ジョニーはきつい口調でたずねた。

マディガン警部補がしのび笑いする。「またそんなことになってるのか、え？」

「いつものことでしょう？」ピーボディがいやみたっぷりに言った。

マディガンは立ちあがると、ドアへ向かった。「勝手に街を出るなよ、フレッチャー。引っ越しをするなら、新しい住所を教えろ」

「ニューヨーク市地下鉄でしょうよ、間違いなく」ピーボディが断言した。

「〈四十五丁目ホテル〉だ。明日も、その次の日も、来週もな」ジョニーは叫んだ。

「がんばれよ」マディガンは言い、部屋を出て行った。

ピーボディはジョニーをにらみつけた。「フレッチャー、今から明日までに三十六ドルを用意できるわけがないんですから、さっさとあきらめて――」

「明日だ」ジョニーは冷ややかに言った。

ピーボディはためらったが、ふいに肩をすくめた。「明日までですよ――絶対に」ピーボディは出て行った。

ジョニーはドアを閉め、サムのほうを見た。サムは心配そうな顔で言った。「コインを売るんだろ、ジョニー?」

ジョニーは勢いよくドアを開け、ピーボディが本当に立ち去ったかどうか外を確かめると、またドアを閉めた。「いいや、サム」ジョニーは言った。「うまい取引ができるまでは、コインを売る気はないよ」

「それじゃ、どうやって三十六ドルを工面するつもりだ?」

ジョニーは唇をすぼめ、考えこんだ。「ピーボディには、一発思い知らせてもいいころだな」

サムは元気づいた。「考えがあるんだな、ジョニー? あんたがやつをだまくらかすのを見るぐらい、楽しいことはないからな」

「三十六ドルか」ジョニーは考え、サムに歩みよると、サムのコートの折り返しを親指と人差し指でつまんだ。

「やめろ！」サムは叫んだ。「おれの服を質に入れる気じゃないだろうな。前にあんたがそれをやった時、おれは一日中ここにこもるはめになって、その間あんたは――」

「心配しなくていいぞ、サム」ジョニーは言った。「その服じゃ、せいぜい七、八ドルにしかならないだろうからな。しかし、ピーボディが着てる服の質をよく見たことがあるか？　すこぶる上等な生地だぜ。一着百五十ドルか、ひょっとすると二百ドルぐらいするに違いない」

「ああ、やつはたいした気取り屋だからな」サムは同意したが、その後、鋭く言った。「あんたまさか――」

「泥棒をするつもりかって？　いや、まさか。本当に盗む気なんてないさ――相手がピーボディみたいな人でなしでもな。だが、借りるだけなら盗むことにはならないだろ？」

「ピーボディはベストの袖だって貸してくれやしないさ」

「いやいや、ピーボディだって、そこまで悪いやつじゃないと思うぞ。心の奥底には、人間らしいところもあるし、同胞を思いやる気持ちもある。客を部屋から追い出すのは、近ごろの商制度やら何やらに追いつめられて、そうせざるを得ないだけなんだよ」

「いったいなんの話をしてるんだ、ジョニー？」

「ピーボディだよ。おれが言いたいのは、やつはできるもんなら、おれたちを助けたくてしょうがないってことだ。だから、おれたちは、やつが手助けしやすいようにしてやらなくっちゃいけない。つまりだな、おまえはロビーにおりて、ピーボディを見張ってくれないか。やつがデスクの後ろにいるうちはいいが、外に出てきてエレベーターに向かったらすぐ、内線電話に飛びついて、ピーボディの部屋に電話してくれ――」

「なんのために？　やつはまだエレベーターの中にいるってのに」

「ピーボディはエレベーターの中だが、おれはそうじゃない。ピーボディの部屋にいるからな」

「泥棒をやらかす気じゃないよな？」サムは叫んだ。

「もちろん違うさ。おれはただ、ピーボディがおれたちを手助けしやすいようにしてやろうと、言ってるだけだぜ。ピーボディが自分でできないなら、おれが手を貸さないとな――まあいいから、おれの言うとおりにしてくれよ」

「けど、鍵もないのに、どうやってピーボディの部屋に入る気なんだ？」

「マスターキーだよ、決まってるだろ？」ジョニーはポケットから鍵を取り出し、見せびらかした。

「こんなこともあろうかと、ずっと持ってたのさ……」

　サムは手の甲で顎をこすった。「どういうことかわからねえが、やってやるよ。ピーボディがエレベーターに向かったら、電話に飛びつく。それでいいんだな？」

「ああ、それでいい」

　二人はそろって部屋を出た。サムはロビーにおりるため、エレベーターを待ち、ジョニーは階段でホテルの支配人がスイートを占領している十六階へあがった。ジョニーはそろそろとドアに近づき、しばらく聞き耳を立ててからそっとノックしたが、応えはなかった。もうしばらく待ってから、マスターキーを差しこんでまわし、すばやくドアを開けて中に入る。

　ピーボディが使っているスイートは、居間と寝室の二部屋からなっていた。広々として設備もよく、ホテル内の普通の部屋よりずっと上等だった。

ジョニーはさっと部屋を見まわし、衣装だんすのほうへ進んだ。支配人はたんすの中に、スポーツ用ジャケットやスラックス数着のほかに、少なくとも半ダースの仕立てのよいスーツをそろえていた。ジョニーはスーツをすばやく調べ、青いサージに白いピンストライプの一着を選んだ。見たところ、それが一番新しそうで、たぶんまだ一度か二度しか着られていなかった。

ジョニーは口元をゆがめ、にやにや笑いを浮かべてドアに向かったが、その時ふいに電話がけたたましく鳴り響き、あわてふためいた。乱暴に入り口のドアを開け、廊下に飛び出す。

幸運にも、階段はそう遠くはなく、ジョニーはすばやく八階までおりた。八階で立ちどまって一息ついてから、ジョニーはエレベーターまで普通に歩き、「下降」ボタンを押した。

第七章

　数分後、ジョニーがロビーに出ると、内線電話のそばにいたサム・クラッグが、勢いよくかけよってきた。

「つかまったか?」サムはたずねた。「おりたとたんに、やつがエレベーターに向かいやがってさ。おい」サムは、ジョニーの手にあるスーツに気づくと言った。「どこでそれを手に入れたんだ?」

「どこだと思う?　ピーボディが貸してくれたんだ」

「やつは下のロビーにいて、あんたは上にいたってのに、どうしてそんなことができるんだよ――」

「気にするな、サム。後で説明してやるから」

　外に出ると、二人は早足で八番街へ向かった。ベン質店を素通りし、チャーリー親切質店へ入る。

　チャーリー店主は、質屋の職業病とも言える潰瘍もちの赤毛の男だった。チャーリー店主は、ジョニーとサムを不機嫌に見つめた。

「チャーリーおやじ」ジョニーはほがらかに言った。「また会えて本当にうれしいよ」

「うれしいのはあんただけだ」チャーリー店主はやり返した。

「ベン質店を素通りしてきたんだ」ジョニーはかまわず続けた。「サムは入りたがったが、おれがだめだと言ったんだよ。チャーリーおやじには、前にすごくよくしてもらったから、恩を返さなくちゃいけないって――」

「なあ、あんた」チャーリー店主はさえぎった。「今、あんたのことを思い出したよ。一つ頼み事をしてもいいかね？」

「もちろん、頼みを聞くために来たんだ」

「よし。だったらベン質店に行ってくれんかね？」

「おいおい、チャーリーおやじ！」ジョニーは叫んだ。「さっきから言ってるじゃないか、おれはあんたに借りがあるんだ――」

「わかった、わかった」チャーリー店主はわめいた。「だから言ってるだろう――お願いだから、ベン質店に行ってくれって。頼むよ、こっちは潰瘍もちなんだ――」

「ベンおやじだって同じだよ」ジョニーは言い、ピーボディの青いピンストライプのスーツを持ちあげた。「一度も着てない新品だぜ。本物の英国製ウールで、仕立て製造はクインティーノ。わかるだろ――最高級品だ！」

「たかがスーツには違いない」チャーリー店主はうなった。「潰瘍が再発してるんだと言ってるじゃないか。商売をする気分じゃないんだ。金糸のぬい取りがしてあって、エジプト産のクモの糸を織りこんだ紫の裏地がついてようと、出せるのはせいぜい十（フィフ）――」

「五十（フィフティ）はだめだ！」ジョニーは叫んだ。「とてもじゃないが、七十五ドル以下じゃ渡せないな！」

「五十って、誰が五十ドルなんて言ったかね？　きっかり十五（フィフティーン）ドル、小銭はなしだ」

「六十ドルでいいぜ」サムが口を出した。

ジョニーは苦悩の表情でサムを見た。「サム、頼むから邪魔をしないでくれないか？　チャーリーおやじとおれは、おたがいわかりあっているし、品物の価値も知ってるんでな」

「気分が悪い」チャーリー店主はうめいた。「商売する気はないと言ったが、もう始めちまったことだし。ああ、わかったよ、仕方ない。二十ドル持っていきな」

「四十七ドル五十セント」ジョニーは言った。「それでもクインティーノには恨まれると思うけどな。この手のスーツには二百二十五ドルの値がつけられてるんだから、おれが新品のスーツを、四十七ドルで手放そうとしてるなんて聞いたら……」

「これを新品だなんて言うのは、ブタぐらいのもんだ」チャーリー店主は鼻を鳴らした。「二年前のスーツじゃないか」

「箱から出したばかりだ。ほら——さわってみろよ。毛羽（けば）だってまだ立ったままだろう」

チャーリー店主は、スーツの折り返しを親指と人差し指でつまみ、ひねったりこすったりなでまわしたりした。「六か月は着てるね。二十五ドル！」

「そうだな」ジョニーは言った。「わかった、よくはないがね。四十五ドル。ここは質屋で、本当に売るわけじゃないしな」

「そうでなくちゃ困るね。こんなスーツ、とても売れやしない。二十七ドル五十セント。今、質札を作るよ」

「四十ドルで作ってくれ」

「これが最後だ。いやならやめとくんだね。二十九ドル七十五セント」

「なあ、チャーリーおやじ」ジョニーは必死で言った。「前にあんたと取引した時、あんたはおれをだしにして、たんまり稼いだよな。別に気にしちゃいないさ、誰だって生きてかなきゃならないからな。持ちつ持たれつがおれのモットーで、そいつはすばらしいことだと思うんだが、そうは思わないやつもいるんだよ。おれたちのホテルの支配人みたいにな。おれたちはやつに、ほんの三十六ドルばかり借金があって――」

「いやいや、三十六ドルは出せないよ。そいつはだめだ。どうせこっちにスーツをおしつけて、預けっぱなしにする気なんだろう」

「おれが保証するよ。預けるのは三日間だけだ。三日で金は返すから」

「ふん！　そんなせりふは一日に百回ぐらい聞いてるよ」

「なあ」ジョニーは言った。「前に友達の服を、預けたことがあっただろ。たった一日、それだけでいいんだ。ここから金を持って出たとたんに、金を持って戻ってくるよ――利子つきで。明日郵便で小切手が届くんだ……」

「三十二ドル。本当にこれが最後だ。三十二ドル、ぴったりそれだけ」

「三十六ドル。びた一文負けられない」ジョニーは言った。

「じゃあな。ベン質店に行きな。ベンおやじは二十二ドル五十セント以上は出してくれないだろうけど。私がお人よしだからこっちに来たんだろうが、出せるのはきっかり三十二ドルだけ。正真正銘、そこが最後だ。それじゃあな」

「わかったよ、チャーリーおやじ、そういうことなら……。じゃあな」

ジョニーはドアに向かった。サムは仰天し、大あわてでジョニーに追いつかねばならなかった。

ジョニーがドアを開け、とぼとぼと出て行こうとした時、チャーリー店主が大声で言った。「三十四ドル！」

ジョニーは後戻りした。「わかった、チャーリーおやじ、取引成立だ。質札を作ってくれ。三十六ドルで」

「三十四ドルと言っただろ」

「三十六ドル。わざわざ呼び戻したんだし、おれには三十六ドル必要なんだから、三十六ドルに決まってる。三・十・六……」

チャーリー店主は手で自分の額をぴしゃりと叩くと、質札を書き始めた。「あんたの名前は」

「おい、おれのことは覚えてるだろ」ジョニーは言った。「そう、ジェームズ・T・マディガンだ――」

「マディガン？」チャーリー店主は、胸の内ポケットを裏返すと言った。「ここにはレスター・ピーボディとあるが」

「芸名だよ。わかった、その名前にしといてくれ。どうせ、そっちの名前を知ってるやつがほとんどだからな。よし、〈四十五丁目ホテル〉のレスター・ピーボディと書いてくれ」

「レスター・ピーボディ、〈四十五丁目ホテル〉」質屋は言い、書いた。そして、レジから三十六ドルを持ってきた。

ジョニーは金を数えてから言った。「ありがとう、チャーリーおやじ。一日か二日後に、また来るよ。スーツを受け取りに」

「最後に頼みがあるんだがね」チャーリー店主は言った。「お人よしだとかなんだとか、あんたらがチャーリーおやじについて聞いた噂は忘れてもらえないか。これからはベンおやじと取引してくれ。この先に店を出してる、私の商売がたきと」

ジョニーは舌打ちの音をたて、チャーリー店主にウインクすると、大股でドアに向かった。外に出ると、サム・クラッグが大きく安堵のため息をついた。

「三十六ドルまでいくとは思わなかったぜ」

「四十ドルまでねばればよかったな」ジョニーは言った。「そのくらいはくれただろうと思うぜ」

二人は八番街を横切り、四十五丁目へ入りかけたが、その時ジョニーは小さな店の前面に書かれた、〈世界の切手・コイン販売〉というレタリング文字に目をとめた。

「さて、この古いコインに、本当はどのくらいの価値があるのか、調べようじゃないか」

二人が店に入ると、四十代ぐらいのずんぐりしたはげ頭の男が、調べていた切手のカタログから目をあげた。

「レアもののコインを買い取ってもらえるかい？」ジョニーはたずねた。

「あんたが持ってるものによる」男は答えた。「一八二二年の五ドル金貨なら、まず絶対に断らないよ」

「先週は持ってたんだが、売ってしまったんだ」ジョニーは言い返すと、ポケットからひとつかみのコインを取り出した。店主はうんざりしたように鼻にしわをよせた。「インディアンヘッドペニーか！　とても売り物にならんな」

「かなりめずらしいやつもある」ジョニーは言った。「バーバー・ダイムも何枚かあるぞ」

店主はいらだったようなしぐさをしてみせた。「バーバー・ダイムなんか、誰だって持ってるさ」

「一八九四－Ｏは持ってないだろ？」

「あるのか？」

「まあ、正確に言うと違うけどな。けどほら、こいつを見てくれよ」

「見る必要はない。十セント硬貨と二十五セント硬貨は何枚あるんだ？　一セント硬貨は何枚だ？」

「二十五セント十二枚、一セント九十八枚、十セント二十四枚だ」

店主はうなずいた。「二ドル四十セント分の十セント硬貨、二十五セント硬貨十二枚、一セント硬貨九十八枚か。あわせて六ドル三十八セントだな。わかった、全部の硬貨一枚につき、二倍の値段を払おう……。ええと、十二ドル七十六セントだ」

「冗談だろ？」ジョニーは叫んだ。「レアものも混じってるんだぞ。カタログには一八七二年のインディアンヘッドペニーには、三十ドルの値がつくと書いてあった」

「未使用ならな」店主は答えた。「ここにあるのはすりへってるし、かなりうすいものもある」店主は肩をすくめた。「一セント硬貨は二セント、十セント硬貨は二十セント、二十五セント硬貨は五十セント――それが買い取り価格だ」

「カタログの値段は――」

「カタログの値段だと！」店主は叫んだ。「カタログの話は、しないでもらいたいね。あんなものにはなんの意味もない」

「なあ」ジョニーは、ショーケースに展示されたコインを指さして言った。「そこにインディアンヘッドペニーがあるみたいだが。一八六四－Lは、一枚いくらぐらいするんだ……？」

「おや、コインを買いたいのか？　それなら話は別だ」店主はショーケースに手をのばし、インディアンヘッドペニーのシートを取り出した。「今ちょうど、すごくいい一八六四－Lが入ってる。そうだな、十八ドルにしといてやるよ」

「二セントだろ」ジョニーは言った。「それがそのコインの値段だと、あんたは言ったじゃないか」

「そんなことは言ってないぞ。まとめて一セントにつき二セントで、そっちのコインを買ってやると言ったんだ。一か八かだけどな。どうせ一八九〇年代か、一九〇〇年代のものばかりだろうし」

「いや、違うぞ」

「なら、おれの時間はどうしてくれるんだよ」店主は言いつのった。「一枚ずつ調べなくちゃならないだろ」

「おれがやってやるよ」ジョニーは提案した。

「なあ、あんた」店主は言った。「あんたにもおれにも、仕事ってものがあるだろ。一セント硬貨一枚につき二セント、十セント硬貨二十セント、二十五セント硬貨五十セント。いやならやめとくんだな」

「じゃあな」ジョニーは言い、ドアに向かった。

コイン商は、ジョニーがドアを開けるまで待ってから言った。「三セント!」

ジョニーは振り返りもしなかった。外に出ると、ジョニーは言った。「けちなペテン師め!」

「わからねえな」サムが言った。「一セントにつき三セントなら、そう悪くはないと思うが」

「必要ならまたいつでもその話はできるさ。おれはこのコインが、幸運の品じゃないかって気がしてるんだ」

「アリスにしてみたら、ちっとも幸運じゃなかっただろ」サムは言い返した。

「ミンクのコートを着てるんなら、じゅうぶん幸運じゃないか」

「まあな、けど彼氏をなくしただろ」

「アリスにとっては、幸運だったのかもしれないぞ。あの事件についちゃ、アリスが手を貸さなかったかどうかは、あやしいもんだしな。例えば、ちょっと気を引こうとしたとか」

「ピストルの弾で、どうやって男の気を引くんだよ」

「わからん。けど、そのうち明らかにするさ」ジョニーがあまりにもさりげなく言ったので、二人はそのまま四十五丁目を数歩歩いたが、サム・クラッグがふいにぴたりと足を止めた。「おい、ジョニー！」サムはわめいた。「また探偵ごっこをやるつもりじゃないだろうな！」

「ほかに金を稼ぐ手立てがあるのか？」

「いつもやってるように、本を売ればいいだろ」

「売る本があれば、それもできるんだがな」ジョニーは言った。「本が一冊も入手できないのは、おまえもよく知ってるだろ。モート・マリが、金をこしらえて滞納家賃を払い、在庫の本の担保がはずれるまでは」

「ほかに本はないのか？」

「何かあるなら言ってみろよ」

「無理に決まってるだろ、ジョニー。頭を使うのはあんたの領分だ。けどよ——あんたが探偵のまねをするといつも、どういうことになるかわかってるだろ。面倒にまきこまれるはめになるわ、おれは鼻にパンチをくらうわでさ」

「おまえみたいなやつが鼻にパンチをくらったからって、どうだっていうんだ、サム？」

「そりゃ、なんてことないけどよ。鼻にパンチをくらうぐらいは平気だが、つまり、その……」

「なんだ？」

「いろいろひどい目にあうんじゃないかってことだよ。誰かがあんたやおれを殺そうとするとか、おまわりが……」

「おまわりは、もうおれたちにつきまとってるだろ。マディガン警部補と、あのままおさらばできるわけがない。じっくり考えてみたんだがな、サム。おれたちはやばい立場にいると思うぞ。しまいには、特製の二人用の牢屋に入れられることになるかもな」

サムはひるんだ。「そういう冗談はよせよ、ジョニー。おれが刑務所へ入るのを、どれだけいやがってるか知ってるだろ」

「おれ同様、おまえも刑務所はまんざら嫌いでもないものな。なら、さっさと仕事にかかって、このまま外にいようじゃないか」

サムは観念したようにうなった。「わかったよ。それでどうするんだ?」

「手始めに、オールド・ジェス・カーマイケルをたずねてみるのがいいと思う」

「食料品店をそっくり持ってる、あのカーマイケルじゃないよな?」

「そう、彼だよ。すぐそこに店が一つある」

第八章

二人は道を渡り、店名やさまざまな宣伝文句でほとんどいたるところがうめつくされた、広い店の正面に近づいた。ガラスのドアには、かなり控えめな文字で、次のような表示が出ていた。

カーマイケル食料品一一四四号店

二人は店に入った。夕方だというのに、店は大いに繁盛していた。二人はレジ係の一人に近づいた。

「責任者を頼む」ジョニーはあっさりと言った。

レジ係はブザーを押し、甲高い音が店じゅうに響き渡った。しばらくすると、黄褐色の上着を着た男が、レジ係のほうへ歩いてきた。

レジ係はジョニーのほうを示すと言った。「このかたがお会いしたいそうです」

「違う、違う」ジョニーは店長に言った。「ミスター・カーマイケルにお会いしたいんだが」

店長は当惑顔でジョニーを見た。「なんですって?」

「オールド・ジェス・カーマイケル氏だ。社長の」

店長はふいに目を細めた。「どういうおつもりですか?」

「つもりも何もない。オールド・ジェスと話がしたいだけだ。ここはオールド・ジェスの店なんだろう?」

「はい」店長は言った。「カーマイケル社長の店で間違いありません。一一四四号店です」

サムがジョニーの袖を引いて言った。「おい、つまりオールド・ジェス・カーマイケルは、千百四十四も店を持ってるってことか?」

「二千百五十九です」店長は答えた。「今日、私が知らない店を二、三ダース開いていなければの話ですがね」

ジョニーはうなずいた。「オールド・ジェスは大金持ちなんだな。結構、大変結構。さて、オールド・ジェスにおれが会いたがっていると伝えてほしいんだが」

「あなたはどうかしています!」店長はとうとう爆発した。「カーマイケル社長がこの店で——食料品のセールスをしてるとでも思っているんですか?」

「違うのかい?」

店長は気をしずめようと悪戦苦闘した。「よろしいですか、お客様。冗談も結構ですが、私は忙しい人間ですので。よそへ行って別の人に言っていただけませんか」

「ミスター・カーマイケルにとって、お客と話をするのは、そんなに面倒なことなのか?」ジョニーは詰問した。「おれはカーマイケル食料品店でたっぷりお金を使っているし、ミスター・カーマイケルもそのくらいのことは——」

「お引き取りください!」店長は叫んだ。「私もカーマイケル社長も忙しいんです!」

「おれだってそうだ」ジョニーはぴしゃりと言った。「なら、さっさと終わらせようじゃないか。社長には会えるのか、会えないのか？」

「私はカーマイケル社長に会ったことがありません」食料品屋の店長は、歯ぎしりしながら言った。「名前でしか知りませんから、たとえ社長に会ってもわかりません。社長がこの店に来たことはありませんし、たぶんこれからも来ることはないでしょう」

「おかしな経営のしかただな」ジョニーはうなった。「山ほど店を持ってるせいで、見まわりすらまともにできないわけか。わかった、ミスター・カーマイケルがここにいないなら、どこへ行けば会えるんだ？」

「事務所や自宅でしょうね。私が知るはずがないでしょう？」

「それは理屈にあわないだろう」ジョニーは言いつのった。「きみはこの店の店長なんだろう？　何か問題が起きたら、誰に電話するんだ？」

「地区の支配人です」

「その支配人は、ミスター・カーマイケルを知っているのか？」

「そうは思えませんね。カーマイケル社長に会ったこともないでしょう。もっと上の重役にでも報告するんでしょうし」

「それじゃ、その重役はどうするんだ？」

「私にわかるはずないでしょう？」

「わかる人間がいるはずだ。ミスター・カーマイケルと連絡を取れる人間が、誰かいるはずだろう？」

「ええ、それはもちろん。ずっと上のお偉方なら、そういう人もいるでしょうし、社長の住んでいる場所もわかるかも――」

「マナセットですよ」突然、店長のそばにいたレジ係が言った。「前に雑誌で読んだことがありますから」

「ありがとう」ジョニーはレジ係に言った。「実に気のきく優秀な店員だな。そのうち、きみがこの店の店長になって、彼は」ジョニーは店長にうなずいてみせた。「今きみがやっている仕事に精を出すことになるだろうな」

ジョニーは踵を返し、サムをしたがえて店を出た。外に出ると、サムが言った。「マナセットだって？」

「ああ。ううむ、ロングアイランドか。二十マイル以上あるぞ。ロングアイランド鉄道で往復するとしたら、一人一ドル以上はかかるだろうが、手元には一ドル四十五セントしかないときてる。おまえの食欲に感謝すべきだな」

「例の一セントや十セントがあるだろ――」

「あのコインを使う気はないよ。本当に必要な時まではな。部屋代を使いこむわけにもいかないし」

サムは元気づいた。「それじゃ、マナセットへは行けないな」

「いや、行けるとも。金がなくたって旅をする方法はある」

「歩くのはごめんだぜ、ジョニー！」

「馬鹿を言うなよ。おまえと同じで、おれも歩くのは好きじゃない。車で行こうと思うんだ。キャデラックとか、ぴかぴかのイカす大型高級車でな」

「タクシーじゃだめなのか？」

「タクシーは金を払わなくちゃならないだろ――現金で」

「高級車だって、金はかかるじゃないか」

「今日の昼飯は、金を払わずに食えただろ?」

「またやるのかよ?」サムはうなった。

「まあまあ、必要なんだよ、どうしても。気を悪くするな。キャデラックを買ったり借りたりできる人間は、まあなんというか、チャンスをもらえるものだからな」

二人は四十五丁目を歩き続け、パーク街で北へ曲がって、〈バービゾン-ウォルドフ・ホテル〉に着いた。ジョニーは広々としたロビーで、ボーイ長のデスクを見つけた。

「なあ、きみ」ジョニーは言った。「夕方の間、車を借りたいんだが」

「はい、お客様」ボーイ長は言った。「運転手はおつけしますか?」

「ああ、いたほうがいいな。何しろこの街の交通量ときたら……」

「ええ、まったくですね。ええと、お支払いは距離と時間のどちらがよろしいでしょう?」

「どう違うんだい?」

「一マイル三十セントか、一時間につき六ドルになっております」

「それなら時間ごとのほうがいいな。ロングアイランドまでドライブして、しばらく見物したいんだ」

「お客様の部屋は何号室でございますか?」

「八二一号室だ」ジョニーは嘘偽りなく答えた。それが、〈四十五丁目ホテル〉の部屋番号だとは言わなかったが。

ますので」

「ありがとうございます」ボーイ長は言った。「通用口に車があったと思います。今電話して確かめ

数分後、ジョニーとサムは、キャデラックフリートウッドの後部座席に乗りこんでいた。制服を着た運転手が、運転席で振り返り、帽子のつばに手を触れた。

「どちらまで？」

「マナセットだ」

「かしこまりました」

「オールド・ジェス・カーマイケル氏の自宅に行きたいんだが。どこだか知っているかい？」

「ホイットニー地所の近くだったと思います、お客様」

ジョニーはサムにウインクすると言った。「ああ、そうだったな」

車はすべるようにホテルの車庫を出て、イースト・リバー・ドライブへ向かい、低い音を立ててトライボロー橋へ進んだ。半時間後、車は大通りを出て曲がりくねった車道を疾走し、数分後、鉄製の門に近づいた。

小さな石造りの家から門衛が出てきて、キャデラックに歩みより、帽子に手を触れた。

「ミスター・カーマイケルに会いにきたんだが」ジョニーはすらすらと言った。

「お約束でもおありですか？」

ジョニーは肩をすくめた。「まあ、そんなところかな」

「お名前をうかがえますか？」

「フレッチャーだ。ジョニー・フレッチャー」

「さあ、面倒なことになるぞ」サムが小声でつぶやいた。

門衛は小さな家に引き返し、受話器を手に取ったが、しばらくすると、車のそばに戻ってきて言った。「執事のウィルキンスが、あなたのお名前に覚えがないと言っています。どんなご用件でしょうか」

「用件がなけりゃだめなのか？」ジョニーは辛辣な口調でたずねた。「そのウィルキンスとやらに、おれはミスター・カーマイケルの得意客だと伝えてくれ。よけいな言葉を加えず、それだけで頼むよ」

門衛は眉をしかめたが、家に戻り、再び電話で話をした。その後出てきてボタンを押すと、さっと門が開いた。

キャデラックはカーブした私道に入り、化粧石の山の前で止まった。十万かそこらの誤差はありそうだとはいえ、ざっと見積もっても五十万ドルはしそうな代物だった。

「しばらくかかるかもしれない」ジョニーは運転手に言った。

「大丈夫です、お客様」運転手は答えた。「本を持っていますから」

ジョニーとサムはキャデラックをおり、玄関に歩みよった。ジョニーがドアについたボタンのほうへ身を乗り出すと、まだチャイムが鳴り響いているうちに、お仕着せを着た執事がドアを開けた。

「フレッチャー様ですね？」

「そうだ、ウィルキンス。ジェスにお悔やみを言おうと思ってよったんだが」

「実に悲しいことでございます」執事は言った。「カーマイケル様はたいそうお嘆きです」

「もちろんそうだろうな」

執事は手に持った皮の小冊子を調べた。「恐れ入りますが、ここにあなたのお名前はないようなのですが」

ジョニーは執事を無表情に見て言った。「あると思っていたのかい？」

「はい。ご承知のように、カーマイケル様をたずねてくるかたは大勢いらっしゃいます。そんなわけでカーマイケル様は、親しくしているご友人のリストを作る必要があると、お考えになったのです」

「で、おれの名前はその本になかったっていうのか？　まさかそんな！」

「どういったお仕事をされているのか、教えていただきたいのですが。門衛のジョセフが――あなたをカーマイケル様の顧客だと申していたのですが、私にはちょっとわかりかねまして――」

「それならどうして門を通したんだ？」

ウィルキンスは落ち着きなくジョニーを見やった。「いえその、ジョセフが申しておりましたので。あなたの車が――」

「……キャデラックだと、か。つまりもっと小さな車で来ていたら、ここまで入ることもできなかったってことだな」

「そういう意味ではございません。ただ……」執事は再び革の本に助けを求めた。「あなたはカーマイケル様のご友人なのですか？」

「今の状況からすると、違うんだろうな」ジョニーは冷ややかに言い、少し間をおいてから皮肉っぽくつけ加えた。「しかし、もし無理な相談でなければ、ちょっと中へ入ってジェスにジョニー・フレッチャーが来たと伝えてもらえると、ありがたいんだがね」

「それであなたのお仕事は？」

ジョニーは振り返り、サムの肩を強く叩いた。「おい、どう思う？」再びウィルキンスのほうを向いて言う。「ジェスにはおれが彼の得意客だと言ってくれ。それだけ伝えてくれればいい。それでもジェスがおれに会う気がないというなら、まあその時はその時だ」

執事は立ち去った。広大な玄関広間を横切り、ドアを入って後ろ手に閉める。四、五分ほど姿を消した後で、戻ってくると言った。

「カーマイケル様が図書室でお会いするとのことです」

執事は先に立って客間や別の広間を通り抜け、松の鏡板を張った部屋のドアを開けると、脇へよけた。ジョニーとサムは図書室に入っていった。幅二十フィート、長さ三十フィートほどの大きさの部屋で、読まれた様子のない本が入った本棚がずらりと並び、本の大部分には、革の装丁がほどこされていた。

第九章

オールド・ジェス・カーマイケルは、大きな緑色の革の椅子に座っていた。部屋の向こう側では、もう少し若い男が、革の本にほどこされた細工を吟味していた。

オールド・ジェスはジョニーを見ると眉をひそめた。「きみがフレッチャーか？」

「ええ、ミスター・カーマイケル。お悔やみを申しあげたいんですが……」

オールド・ジェスはいらだたしげに、そんなものはいらないという身振りをした。「私はこれまで一度たりとも、きみに会ったことなどないぞ」

「私もあなたに会ったことはありません」

「それならば、なぜウィルキンスに私の旧友だなどと言ったのだ？」

「そういう言いかたはしなかったと思いますが」

オールド・ジェスは顔をしかめた。「人の名前や顔は忘れん。フレッチャーだと？　いいや、断言するが、私はきみと仕事をしたことなどない」

「いや、していますとも」ジョニーは言った。「私は長年、あなたの得意客でした」

「たわけたことを！　役員の中で私だけが、顧客全員の名前を知っているのだ。きみはどこの店から来たのかね？」

「どこの店でもありませんが、しかし――」

「そんなことだろうと思ったよ。エーアンドピー、セイフウェイ、アイジーエーといった、大型スーパーの人間でもあるまい」

「そうだとは言いませんでしたが」

「それなら、きみはいったい何者だ？」

「だからお客です。私は二十年近くも、あなたの店で買い物をしていたんです。ニューヨークだけではなく、ほかの街でも」

　オールド・ジェス・カーマイケルの顔に、奇妙な表情が浮かんだ――リンゴをかじったら、断面に太った虫の半身を見つけてしまった人間の表情にそっくりだった。

「もう一度言ってみたまえ！」オールド・ジェスは叫んだ。

「私は二十年もあなたの店で買い物をしていたんです」

「小売店の――客だと？」

　若い男が本棚から顔をそむけ、考え深げにジョニー・フレッチャーを見つめた。

　ジョニーは言った。「そのとおり。カーマイケル食料品店のことは、いつもひいきにしてきましたよ。何しろ値段も手ごろ、商品の質も最高ときている。つい最近までは、ですが。しかし、あなたも知っていたほうがよかろうと思いますが、コンビーフハッシュの缶詰は、このごろちょっといただけないですな。昔は缶の中にいい赤肉がどっさり入っていたのに、先週四十五丁目で――興味があるなら言いますが、一一四四号店で――買ったやつは肉を探さねばなりませんでしたからね。缶の中身はジャガイモばかり。ジャガイモの中にところどころ、ちっぽけな古いコンビーフの切れ端が混ざっているという有様で……」

オールド・ジェス・カーマイケルは椅子から飛びあがり、ジョニーのほうへすばやく二歩ほど足を踏み出してから、立ちどまった。その目には、激しい怒りの色があった。

「いったい——誰に言われてここへ来たのだ？」

「誰に言われたわけでもなく、自分でここへ来ました。ああ、こちらは友人のサム・クラッグです」

「どうも、ミスター・カーマイケル」サムは言い、手を差し出した。

オールド・ジェスはサムを見ようともしなかった。その両目は、今にも顔から飛び出しそうになっていた。オールド・ジェスは頭を振り、本棚のそばにいる若い男のほうを見やった。「ジェームズ、こんな時に悪ふざけをしかける輩は、誰だろうな？」

「わかりませんね、伯父さん」若い男は答えた。「誰にしろ、悪趣味きわまりないですが」

若い男は前に進み出ると言った。「おい、きみたち。カーマイケル伯父さんの息子——ぼくのいとこのジェスだが——が、今日その、ええと、亡くなったことを知らないのかい？」

「もちろん知っている。だからここへ来たんだから」

「え？」

ジョニーはオールド・ジェスの後ろの机に置かれた、新聞を見やった。部屋を横切って机のほうへ行き、新聞を手に取る。「ここに私の名前がのっています」ジョニーは言った。「ああ、ここだ……」

ジョニーは読みあげた。「『……ミス・カミングスは、二人組の男、ジョン・フレッチャーとサム・クラッグについて、以下のように語っている』」

「カミングス！」オールド・ジェス・カーマイケルは叫んだ。「この家であの女の名を出さないでもらいたい」オールド・ジェスはきれいに爪の手入れをした人差し指を、ジョニーにつきつけた。「それに——今、きみの名前を思い出したぞ。私の息子を殺した犯人だと、警察に疑われている男だな?」

「いや」ジョニーは言った。「マディガン警部補が、もう嫌疑を晴らしてくれました」

「マディガン警部補とは誰だ?」オールド・ジェスは詰問した。

「捜査を指揮している、殺人課の刑事ですよ。とてもいい男で、私は時々彼の手伝いをしていました」

「きみのような輩が、刑事の手伝いをしているだと?」

「犯罪捜査が趣味なもので」ジョニーはつつましく言った。「警察がしくじったら、私の出番というわけです」

「おいおい、きみ」若い男がいさめた。「ちょっと大口を叩きすぎなんじゃないのかい」

ジョニーは鋭く男を見やった。「まだ名前を聞いていなかったと思うんだが」

「ジェームズ・サットンだ」

「ああ、容疑者の一人?」

サットンはむっとしたような顔をした。「おい、ぼくはカーマイケル伯父さんの甥なんだぞ」

「つまり、有力容疑者だ」ジョニーは決めつけた。「甥が第一容疑者というのはよくあることだし、十中八九、本当に殺人犯だったりするし」

「この件について、聞けることは聞いた」オールド・ジェス・カーマイケルは言った。「ミスター・フレッチャー、今日は大変な日だったし、明日の朝には警察本部長補佐と話をせねばならないのだ

――」

「ということは、警察はまだあなたに事情聴取をしていないんですね？」

「しているわけがなかろう？　こんな時に他人のプライバシーを尊重するぐらいの礼儀は、わきまえているだろうからな」

「ミスター・カーマイケル、率直にうかがいますが」ジョニーは言った。「あなたはその、息子さんを殺した犯人をつかまえたいと思っているんですか？」

「決まっているだろう」オールド・ジェスはぴしゃりと言い、両目をきらめかせた。「犯人は逮捕され――報いを受けるだろう。絶対にな。全財産を投げうつことになったとしても――」

「そんな必要はありません」ジョニーは言った。「たいしたお金はかかりませんよ。ささやかな手数料をもらえれば、私が犯人を追跡します」

「そんなことは、警察でもじゅうぶんできる」オールド・ジェスは冷ややかに言った。「それにもう、おいとませねばならんようだ」

「わかりました。しかし、気が変わることもあるでしょうから、私の住所を渡しておきたいんですが……」

「必要ない。気が変わることなどないからな」

ジョニーはためらった。サム・クラッグのほうを見ると、サムも心配そうにジョニーを見つめていた。

「わかりました、ミスター・カーマイケル」

「ぼくも一緒に出るよ」ジェームズ・サットンが申し出た。「おやすみなさい、ジェス伯父さん」

「ああ、ジム。おやすみ」

広間をうろついていた執事が、ジョニー、サム、サットンを玄関へ案内した。三人が外に出ると、コンバーチブル型の車が甲高い音を立てて、ジョニーとサムをマナセットまで運んだ高級車のそばに止まった。

若い娘が車から飛び出し、ドアのほうへかけてきた。「ジム」彼女は叫んだ。「あの人はどんな様子?」

「かなり落ちこんでるよ」サットンは答えた。

「もっと早く来れればよかったんだけど、でも……」彼女は途中でやめ、鋭くジョニーとサムを見やった。

「フレッチャーだ」ジョニーは言った。「こっちは友人のサム・クラッグ」

「警察の人?」

「正確には違うけどね、お嬢さん」

サットンが叫んだ。「彼と話そうとしちゃだめだよ、ヘルタ。混乱するだけだからね」

「ヘルタか」ジョニーはにっこりと笑った。「スウィンバーンの――冥界の女神か何かだったかな」

ヘルタは当惑顔でジョニーを見た。「お会いするのは初めてだと思うけど」

「残念だな」ジョニーはていねいに言った。「明日、きみの家にお邪魔できたらうれしいんだが」

「中へ入って伯父さんと話をしておいでよ」サットンが急いで言った。「あの人には、励ましてくれる相手が必要だ」サットンはジョニーの肘をつかんだ。「なあきみ、よかったら、ぼくを街まで乗せていってほしいんだが?」

ジョニーにとってはありがたくない話だったが、サットンはジョニーをおさえてキャデラックのほうへ引っぱっていった。「わかったよ」ジョニーは言った。「あんたに腕をぎゅうぎゅうねじられちゃかなわない」

三人はキャデラックに乗りこみ、ジョニーは後部座席の真ん中に座った。「〈バービゾン－ウォルドフ・ホテル〉へ頼む」ジョニーは運転手に命じると続けた。「あんたがどこか途中でおろしてほしいなら別だけどな」

「あそこはいいホテルだ」サットンはのんびりと言った。

車は曲がりくねった私道を進み始め、ジョニーは座席にもたれた。「ヘルタか」ジョニーは考えにふけりながら言った。「変わった名前だが、姓がスミスなら似合いそうだな」

「また、かまをかける気かい」サットンがとがめた。「わかった、のってやるよ。彼女の姓はコルストン。ジェスの婚約者だ」

「息子のほうの？　てっきりアリス・カミングスという子が――」

「ミス・カミングスは、ジェスの婚約者なんかじゃない」サットンはきっぱりと言った。

「彼女はそうだと思ってるみたいだが」

「ああ、ミス・カミングスは、全力でジェスをつかまえておこうとしただろうな」

「ミンクのコートがほしくて、ひっかけたんだろ」サムが言った。

サットンは肩をすくめた。「ミンクのコートがなんだっていうんだ？」

「冗談だろう？」サムは叫んだ。「ミンクのコートは、二千から三千ドルはするっていうのに」

「それよりずっと高いものもあるよ」

「ウサギ皮の代金も払えないような子には、二千ドルから三千ドルでじゅうぶんだ」

「ウサギ皮？」

「ミス・カミングスは四年ほど前に、六十九ドル五十セントの特売コートを買ったんだ」ジョニーは説明した。「金額が小さすぎて、忘れていたようだが」

「ふむ」ジェームズ・サットンは言った。「面白いな。だが、どうやってミス・カミングスにそんな事情があることを知ったんだ？」

「今回の件にまきこまれることになったのは、それが原因でね」ジョニーは言った。「おれたちが姿をくらました彼女の行方を探して、借金を取り立てたんだ」

「それがきみたちの仕事なのかい？　行方を探す、と言ったと思うが」

「友達に手を貸しただけだ」

「友達？」サムが大声をあげた。「キルケニーはダチなんかじゃないだろ。あんたにあんなことをしたんだからよ」

「行方不明債務者の捜索か」サットンは考えこんだ。「なかなか興味深いな。転居先の住所を残さずにどこかへ行ってしまった相手でも――見つけられるのかい？」

「キルケニーはおれたちを見つけたぜ」サムが叫んだ。「どうやってもろくな音が出ない、古いおんぼろマンドリンなんかのために……」サムは途中で口をつぐんだ。ジョニーの肘があばら骨に食いこんだからだ。「何するんだよ？」

「ミスター・サットンは、マンドリンに興味なんてないと思うぞ、サム」

「人探しには興味があるがね」サットンは言った。「ミス・カミングスの話をしていたんだったな

——きみたちがどうやって彼女を追跡したのかを。いったいどうやったんだい?」

「どんな商売にもこつがあるもんだ」ジョニーは、サットンをすばやく横目で見て言った。「食料品屋にだっていろいろやりかたがあるだろ」

「さあ、わからないな」

「食料品の仕事をしてるわけじゃないのか?」

サットンは微笑んだ。「カーマイケル食料品店の株を、少しばかり持ってはいるが、社員ではないんだ」

「ウォール街のほうが好みだとか?」

「おいおい、もうかまをかけるのはなしだ。それより人探しの話をしようじゃないか」

「わかった」ジョニーは言った。「そうしよう。探してほしい相手がいるんだな?」

「まあね」

「なら、おれが役に立てる。この仕事を、おれほどうまくやれる人間はいない」

「ミスター・クラッグが言っている、キルケニーという男は何者だい?」

ジョニーは軽蔑のしぐさをしてみせた。「古いマンドリンの代金を集めてまわっている、小物だよ。中古のマンドリンをお探しなら、キルケニーも人並みに役に立つとは思うが。だいじなことなら、ジョニー・フレッチャーのほうが、早くていい仕事をする」

「きみが、いとこのジェスに関わった経緯が気に入ったからな」サットンは言った。「ええと、例えば十二年前に失踪した人間を探すことはできるのかい?」

「相手の名前を言ってもらえれば、見つけ出してみせるさ」

「借金取りってのは、普通どのぐらい金をもらっているんだ？」

「一件につき十ドル」サムがうっかり真実をばらした。

ジョニーはまたサムに肘鉄をくらわせると言った。「失踪者を探すのは、ただの借金取りとはわけが違う。探偵の仕事だからな」

「同じことじゃないのか？」サットンはたずねた。「借金のある相手から金を取るためには、まず見つけなくちゃならないだろう」

「借金を残してとんずらした人間を追跡するのは、二流の仕事だ。しかし、失踪者を見つけるには、なんというか、一流の探偵の手腕が必要なんだ。腕のいい探偵社がどのぐらいの料金を請求するかは、知っているだろう」

「さっぱり見当がつかないな」サットンは言った。「ぼくにとっては、初めてのことばかりだからね。まあ、いとこを見つけるためなら、喜んで正規の料金を払わせてもらうが——」

「いとこ？」

「レスター・スミスソンだ」

「オールド・ジェス・カーマイケルとの関係は？」

「ぼく同様、甥だよ。ジェス伯父さんには、デラとキャリーという二人の姉妹がいてね。レスターはデラの息子。そして、キャリー・カーマイケルがぼくの母というわけだ」

「あんたの伯母さんや母上は、どちらも亡くなっているのか？」

「ああ」

「ふうむ」ジョニーは思案顔で言った。「わかった。ジェス三世が亡くなった今は、あんたがオールド・ジェスの一番近い近親者というわけだな」

「レスターをのぞいてはね」

「ああ、もちろん。しかし、レスターが死んでいた場合は、あんたが相続人になるわけだ」

「どうだろうな。ジェス伯父さんが、スミソニアン協会にお金を残すこともありえるだろう?」

「あんたが如才なくふるまっていれば、それはないだろう。よしわかった、そういうことなら、話は別だ」

「すまない。話が見えないんだが」

「レスター探しの料金のことだよ。あんたがカーマイケル食料品店を相続するなら、当然報酬もたくさんいただかなくっちゃいけない」

ジェームズ・サットンはくすくす笑った。「きみは面白い男だな、フレッチャー。わかったよ、額を言ってみたまえ」

「一日百ドルで」

「それはちょっと暴利じゃないのか?」

「相手がごく普通の探偵社なら、そうかもしれないが」ジョニーは認めた。「しかしジョニー・フレッチャーを雇うというのは、最高の探偵を雇うということだからな」

「一日五十ドルならどうだい」

「おれの超一流の仕事に対して?」

「ベストをつくしてくれ。一日五十ドル出すよ。それと、もちろん期限は切らせてもらうからね」

「十日では?」

「五日だ。一日五十ドルで期限は五日。ああそれから、成功した時には二百ドルのボーナスを出そう」

「期限は七日、成功報酬五百ドルでは？」

「かまわない」

「それと依頼料を、例えば二百ドルでは？」

「明日、小切手を送ろう」

ジョニーは眉をひそめた。「今、いくらかもらえないか――契約のしるしとして？」

「悪いが、財布を部屋に置いてきてしまってね」

ジョニーはしかめ面になった。「今日は、銀行に行けなかったんだ。サム、おまえは今いくら持ってる？」

「なんだよジョニー、わかってるだろ。一ドル四十五セントだ」

「おまえもか？」ジョニーは頭を振った。

「こいつは大変だ。運転手にチップも払えやしない」ジョニーはサットンを振り返った。「いくらか小銭を持ってないか？　十ドル札とか」

サットンはポケットから五ドル札を取り出した。ジョニーはサットンの指から、紙幣を奪い取った。

「これでどうにかなるだろう」

話しているうちに、借り物の高級車はトライボロー橋を渡り、イースト・リバー・ドライブを走っていた。そのまま西へ曲がり、数分後にはすべるように、〈バービゾン－ウォルドフ・ホテル〉の通用口に入った。

「いい走りだったよ」ジョニーは運転手に言った。「明日、また頼むかもしれない」

「かしこまりました」運転手は答えた。

「ウィルバーを頼むとおっしゃってください。ええと、三時間ほどですので、十八ドルになります」

「手ごろな値段だな」ジョニーはいささかたじろいだのを隠しながら言った。「ボーイ長に話をしてあるんだが。八二一号室だ。それと――これは少ないがきみへのチップだ」

ジョニーは運転手に、ジェームズ・サットンからもらったばかりの五ドル札を手渡した。運転手は、つばつきの帽子に手を触れると言った。「ありがとうございます、お客様。八二一号室ですね」

ジョニー、サム、サットンはホテルへ入っていった。「ここで失礼するよ」サットンが言った。「明日また連絡する。八二一号室だったね」

「そう、八二一号室だ」ジョニーは平然と言った。「しかし、あんたの電話番号を聞いておいたほうがよさそうだな。だいじなことがわかったら、知らせられるように」

「ぼくのほうから連絡したいんだが」サットンは言った。「ぼくは出たり入ったりしているし」

「こっちも同様だよ」ジョニーは言い返した。

「それじゃ、伝言を残すようにするよ」

「伝言ならおれも残せる」

サットンはふいに、にやりと笑った。「なあ、フレッチャー。ぼくがここに電話したら、何かまずいのかい？　きみは八二一号室にいるんだろう？」

「ああ」ジョニーは言った。「八二一号室にいるよ……〈四十五丁目ホテル〉の、だが」

サットンは低く叫んだ。「でもきみは、キャデラックの料金を……」サットンは言いかけてからしのび笑いした。「きみは面白い男だな。わかった、〈四十五丁目ホテル〉だね」

「そっちも住所を教えてくれ」ジョニーは言った。「どうにかして探り出すこともできるが、時間がかかるし、あんたもレスター・スミスソン探しに、集中してほしいだろ？」

「一理あるな。信じてもらえないかもしれないが、ぼくはこのホテルに住んでるんだ。上のタワーに」

ジョニーはにやりとした。「なるほど、どのみちここに住んでいる人間がいたってわけか」

「おい、変な気を起こさないでくれよ。キャデラックの代金をぼくにおしつけるとか」

「誰が、おれがか？」

「そうだよ。ひとこと言っておくけど、ぼくはかなり長いことここに住んでいて、皆、ぼくを知ってるからね」

「話してくれてよかった。それじゃ、また明日」

ジョニーとサムは〈バービゾン-ウォルドフ・ホテル〉を後にし、〈四十五丁目ホテル〉に向かって歩き出した。ジョニーのそばを歩きながら、サムはいかにも憂鬱そうに顔をしかめていた。

「よし、サム。言ってみろよ。どうしてそんなしけた面をしてるんだ？」

「この探偵ごっこのせいだよ、ジョニー。おれが探偵ごっこを好きじゃないのは、知ってるだろ」

「びくびくするなよ、サム。金になる依頼人を見つけたんだから。ほかにどうしたら、一週間で八百五十ドルも稼げるっていうんだ？」

「ああ、八百五十ドル稼げるだろうよ。しょっちゅうこの手のことで、金を作ってきたんだしな。けど、結局いつもオケラに戻っちまうのは、どういうわけだ？　それだけの金を稼いでるのに、どうしてピーボディは始終おれたちを、ホテルの部屋から締め出そうとするんだよ?」

「そいつはおれもよくわからんことの一つだ、サム。おれたちのどっちかが、金を無駄づかいしてるのかもな。それで思い出したんだが、今日の昼飯代はいくらだったたっけな? おまえが五十セントもチップをはずんだ、二度目の昼飯のことだが?」

サムはひるんだ。「ああ、わかったよ、ジョニー。黙ったほうがよさそうだ。あんたに口で勝てるわけないのは、よく知ってるからな」

「悪く思うなよ。おれに口で勝てるやつなんて、そもそもいないんだから」ジョニーはくすくす笑った。「サットン坊やは気取った口をきいてたけどな」

「ああ、けど、まだ金をもらってないだろ」

「五ドルももらったじゃないか」

「〈バービゾン-ウォルドフ・ホテル〉のタワーに住んでるようなやつにとって、五ドル札なんて何ほどのもんだ? 見たところ、えらく優雅にやってるみたいだったが」

「相手に金があることはわかったし、これからもっと稼げるさ。心配するな」

二人が〈四十五丁目ホテル〉に入った時には、もう十一時を過ぎていたが、支配人のピーボディはまだロビーにいた。ピーボディはエレベーターに向かうジョニーとサムを見つけると、残忍な笑みを浮かべた。

「ミスター・フレッチャー」ピーボディは呼びかけた。

ジョニーはデスクのほうへ顔を向けると言った。「やあ、ピーボディ。おやすみ、よく眠れるといいな」

「あんたたちは眠れません」ピーボディは言い返した。「よくよく考えましたが、当ホテルにもう一晩、お二人を泊める理由はまったくありません。あんたたちは地下鉄を宿にすることになってるんですから、今夜引っ越してもらいたいのですが」

「ピーボディ、今日は大変な一日だったんだ。明日は忙しくなるから、ぐっすり眠らなくちゃならないし」

「私もです。あんたたちの部屋を、消毒しなくちゃなりませんからね」

「おやすみ、ピーボディ」

ジョニーはエレベーターに乗りこんだが、ピーボディは勢いよくデスクの後ろから走り出てきた。

「だめだ、アルバート。上へ行かせるな！」ピーボディはエレベーター係に向かって叫んだ。

サム・クラッグがふいに怒りのうなり声をあげてエレベーターから飛び出すと、支配人の上着の前をつかんだ。「ジョニーが言ったことを聞いただろ？　おれたちはくたくたで、もう眠りたいんだ」

「はなしなさい——このゴリラ！」ピーボディは叫んだ。「我慢もここまでです。部屋から締め出すだけじゃなく、あんたたちを警察につき出させてもらいます」

「なんの罪で？」ジョニーが鋭く言った。

「ホテル経営者に対する、詐欺行為ですよ」ピーボディは、なおもサムの手から逃れようともがきながら怒鳴った。「宿泊費を払うあてがないのに、ホテルの部屋を占領するのは、れっきとした法律違反ですからね」

「はなしてやれよ、サム」ジョニーは言い、ピーボディと顔をつきあわせた。「おい、いいか。おれはあんたにその手ことでくどくど言われるのに、いいかげんうんざりしてるんだ。おれたちがあんたに、どれだけの金を借りてるっていうんだ?」

「よくご存じでしょう、三十六ドルですよ。わかったら早く――」

「三十六ドルね」ジョニーはぴしゃりと言った。「とっとと金を払って、このしけたホテルから、おさらばしたい気もするが」

「おや、引っ越すんですか。それは結構」ピーボディは怒鳴った。「今、出て行くところなんですよね」

「しかし、一方では」ジョニーは続けた。「きれいに金を払って、このままここに居座ってやりたいとも思ってる」

「金を払うって話は、散々してるじゃないですか」ピーボディはあざ笑った。

「当然だろう? いつだってちゃんと借金は払うさ……」ジョニーはポケットに手をのばすと、札束を取り出した。「三十六ドルだったな?」

ピーボディは札束を見て息をのんだ。「ど、どこでそれを手に入れたんです?」

「このはした金をか? 三十六ドルぐらい、いつも持ってるさ」

「それならどうして、期日どおりに払わなかったんですか」

「あんたがちゃんと頼まなかったからだよ」

ピーボディは派手な音をたてて札束を数え、言った。「よろしい、うまくやりましたね。しかし、次はこうはいきませんからね。これからは週ごとに毎週、宿泊費を払ってもらいましょう。週の終わりに、前金でお願いしたいですね」

「ほかの客からも前金でもらってるのか?」ジョニーは怒鳴った。

「ほかのお客様は、あなたがたのようなことはしませんから」

「あんたに好意を求めるつもりはないが」ジョニーは不機嫌に言った。「せめてほかの客と、同じ扱いだけはしてもらいたいね」

ピーボディはさらに文句を言おうと口を開きかけたが、思いなおしてくるりと向きを変え、デスクの後ろに戻っていった。ジョニーとサムは、八階の部屋へあがった。ドアが閉まると、ジョニーは言った。「やつの服の質札を、礼儀正しく郵便で送ってやろうと思ってたが。畜生、こんな扱いをされるなら、質札をずたずたに破いてやりたいぜ！」

しかし、ジョニーはそうしなかった。

第十章

八二一号室のドアが、こぶしで乱暴に叩かれた。ジョニーはベッドの中で寝返りをうち、ドアのほうを見た。戸板にもう一度、こぶしが打ちつけられた。

「誰だ?」ジョニーは呼びかけた。

「ここを開けろ、フレッチャー」ドアの外で誰かが怒鳴った。

サム・クラッグがベッドの上で体を起こした。「夜中に人を叩き起こすなんて、いったいどういうつもりなんだ?」

ジョニーは寝具をはねのけて、大股でドアに近づいた。さっとかんぬきをはずし、荒々しくドアを開ける。いやな笑いを浮かべたJ・J・キルケニーが、部屋に入ってきた。サムは頭を振って叫び声をあげると、すばやくベッドのそばからキルケニーのほうへ近づこうとした。

借金取りは平然と、銃身の短いリボルバーを取り出して言った。「おまえのせいで、げんこつをすりむくのはごめんだからな、でぶ」

「でぶだと?」サム・クラッグは怒鳴った。「そいつを置けよ、プレッツェルみたいにねじってやる」

「まっぴらだ」キルケニーは言い、足を後ろにのばしてドアを閉めた。「さて、お楽しみの前に、まずは用件を済まさねえとな」

「おれはあんたにもう用なんかないがね」ジョニーはぴしゃりと言った。

「いや、あるとも」キルケニーはあざけった。「おまえが集めてきた金は、二十二ドルたりなかっただろ」

「そっちは手数料十ドルを、払わなかっただろうが」

「それはおまえの借金にあてといてやる」キルケニーは、銃をサム・クラッグのほうに向けると言った。「このサルのマンドリン代がつけになってるのも、忘れてねえからな」

「誰がサルだと?」サムがつめよった。

「おまえだ」キルケニーが言い返す。

サムはさっともう一歩前へ出たが、キルケニーは銃口をサムに向けたままにして言った。

「来てみろよ、でぶ」

「あんたに銃を持ち歩く資格なんか、ないはずだろう」ジョニーは怒って言った。

「資格はあるさ、許可証があるからな」

「いつから借金取りに銃の許可証なんてものが、出されるようになったんだ?」

「相手に脅されたりするもんでな」キルケニーは、にやにや笑った。「誰にでも、自分の身を守る権利ってものがある。ちょうど今みたいにな——おれはおまえらに支払いを要求してるだけだぜ。そっちがおれにちょっかいを出したら、おまえらを撃とうがどうしようが、こっちはおとがめなしってわけだ。自分の身を守っただけだからな」

「そんな豆鉄砲じゃ、おれを傷つけられるかどうかも、あやしいもんだ」サム・クラッグが不機嫌に言った。「調子に乗るなよ」

「手短にいこうじゃねえか」キルケニーは容赦なく言った。「おまえらは、ミス・カミングスから回収した金を、そっくりおれに渡さなかっただろ。あの女が、小銭でいっぱいのブタの貯金箱をおまえらに渡したと、小耳にはさんだんだ。おれがほしいのはそれだ」

ジョニーは無意識に昨日まで一本足のガチョウが置いてあった、化粧台のほうへ目を向けた。ガチョウはそこになく、ジョニーは一瞬、貯金箱が盗まれたと思いかけた。それからジョニーは、前の晩、ガチョウを化粧台からのけて、あいた引き出しに入れたことを思い出した。

「あの貯金箱には、一セントの山しか入ってないぜ」

「ああ、全部で二十ドルぐらいあるんだろ。そいつをよこせ」

「コインを貯金箱から出せるなら、どうぞご自由に。おれにはできなかったぜ。穴が小さすぎてな」

キルケニーは、あいているほうの手をのばした。「出せよ」

ジョニーは借金取りに背を向け、化粧台のほうへ歩いていった。サムのそばを通り過ぎる時、ジョニーは目配せをして、小声ですばやく「用意！」とささやいた。

ジョニーはサムの向こうにある化粧台に手をのばすと、引き出しを開け、青銅の一本足のガチョウを取り出した。「ほらよ」キルケニーに向かって貯金箱を放り投げる。放ったのはキルケニーの右側だったので、借金取りは銃を手に持ったまま、そちらへ突進せねばならなかった。貯金箱は銃にあたり、キルケニーはほんの一瞬、銃と一本足のガチョウを危なっかしくお手玉した。

サムにはそれだけでじゅうぶんだった。サムは両手を振りまわしながら、キルケニーに頭からつっこんだ。サムの頭はキルケニーの腹の上を直撃し、左腕は借金取りの右腕にあたって、そこにからみついた。そのままキルケニーの腕をがっちりつかんでねじりあげると、サムとキルケニーはそろって床に転がった。

キルケニーはしわがれた苦痛の叫び声をあげ、銃がかたい音をたてて床に落ちた。ジョニーが銃を拾いあげるのと同時に、サムがキルケニーの顎に、こぶしですばやく短い一撃を加えた。

ジョニーとサムは立ちあがったが、キルケニーは目を閉じたままうめいていた。サムは素足でキルケニーをつつくと言った。「時間稼ぎはやめろよ。たいして殴ってないだろ」

キルケニーは目を開けると、「手を貸せ」とうなった。

「自分で起きろよ」

キルケニーは辛そうに立ちあがったが、戦意はすっかりなくしていた。「汚い手をつかいやがって」キルケニーは、ジョニーに言った。

「昨日のあんたみたいにな」ジョニーは愛想よく答えた。

「もう一戦いっとくか?」サムがたずねる。

「おれの銃をよこせ」キルケニーは言い、手をつき出した。

「だめだね」ジョニーは言った。「それがゲームのルールってもんだ。相手に銃をつきつけたあげくに、そいつを奪われたら、銃はもう相手のものだ」

「その銃は中古で、二十七ドル五十セントもしたんだぞ」

「二十七ドル五十セント奪われたってことだな」

キルケニーはまばたきをし、大きく息を吸いこんで、また吐き出した。「いいだろう、それがおまえのやりかたならな。このことは忘れねえからな。今度会ったら、次はこっちの番だ」

「こっちにはこの銃がある」ジョニーは脅すように言った。「サムが近くにいない時に、おれをどうこうしようとしたら、身を守らせてもらうからな。覚えとけ」

キルケニーは一本足のガチョウを指さした。「せめて、そいつをもらえねえか？」

「言っただろ――あんたはゲームに負けたんだよ」

「だがおまえは、カミングスの件で、まだおれに二十二ドルも借りがあるじゃねえか」キルケニーは抗議した。「エイジャックスマンドリン会社がらみの、六十七ドルを抜きにしてもだぞ。しめて八十九ドルだ。ああ、カミングスを見つけたら、十ドル出すって約束したからな。七十九ドルってことでいいさ。その貯金箱をくれるんなら、二十ドル――いや、二十四ドル差っ引いて、五十五ドルちょうどで手を打ってやってもいいぜ」

「七十五ドルちょうどにしといてくれよ」ジョニーは言い返した。「おれはそっちのほうがいいな」

キルケニーは顔をゆがめた。「気をつけるんだな、フレッチャー。おれは猟犬だ。おまえが予想もしないような時に、ひょっこり現れてやる――そっちのゴリラがそばにいない時にな」

「ゴリラだと！」サムが大声をあげ、再びキルケニーに向かって突進した。しかし、アクミ清算会社の借金取りのエースは、もうこりていた。キルケニーは飛びさがり、音をたてて入り口のドアを開けると、外へ飛び出した。パジャマのままだったサムはドアを閉め、くるりと向きを変えた。

「朝食前に運動するってのはいいもんだな」サムは楽しそうに叫んだ。「いい感じに腹もへるし」

「一ドル四十五セントある」ジョニーは言った。「何か食いにいこう！」

三十分後、ジョニーとサムはコイン式のレストランに腰を落ち着け、サムは二皿目のコンビーフハッシュを平らげていた。サムはものほしそうに、向かいのジョニーを見て言った。「もう一皿食ってもいいか、ジョニー？」

ジョニーはかぶりを振った。「もう全部で二十セントしか残ってないんだ、サム」

サムは舌なめずりをした。「コンビーフハッシュにかけちゃ、ここのレストランが街一番だぜ。ひょっとしたら、国一番かもしれねえな。例の十セントを二枚ほど使ったらだめか？　あんまり古くないやつをさ」

「だめだ、もうじゅうぶん食っただろ。今日中にジェームズ・サットンから前金が入るだろうから、それからまた腹いっぱい食えばいい。今は、金儲けを始めないとな」

「あんな依頼、どこから手をつければいいんだ？　相手は十二年も前に、姿を消してるってのに」

「どこからだろうな？」

「おれにわかるわけないだろ？」

「サットンはたいしてあてにならないな。情報をほしがってるくせに、自分から手がかりを出す気はないときてる」

「ああ、昨日の夜みたいにな。住んでる場所さえ、知られるのをいやがってたじゃないか」

「たぶんスミスソン坊やについて、一番何か聞けそうなのは、オールド・ジェス・カーマイケルだろうな」ジョニーは言ったが、サムがひるんだので、こう後を続けた。「しかし今朝は、警察本部長補佐と会うので忙しいだろう。ここは裏口から攻めるのがいいかもしれない」

「裏口ってどこだよ？」

「アリス・カミングスさ」

「嘘だろ！」サムは叫んだ。

「アリスはおれたちを嫌ってる」ジョニーは思案しながら言った。「きっと怒り狂って、何かもらすだろう」ジョニーはうなずいた。「よし、なつかしいアリスの部屋を、ちょっとたずねてみようじゃないか」

「あんたは絶対に、ことを穏便に済ませようとしないんだよな、ジョニー？」サムはうなった。「あの子とまた顔をつきあわせるんなら、コンビーフハッシュをもっと食いたいぜ」

「後でな」

シャトー・ペラムの受付の交換手は、ジョニーとサムがデスクの前を通り過ぎ、エレベーターに向かうのを見ると、つけていたヘッドホンをもぎ取った。

「ちょっとお待ちを！」

ジョニーは顔をゆがめたが、交換手のほうへ引き返した。「ミス・カミングスに会いにいくだけだよ」

「私がお取りつぎしないと」

「ミス・カミングスが待っているんだが」

「そうなんですか？　だとしても、私がお知らせしなくてはいけません。ええと、そちらのかたは確か、ミスター・フレッチャーでしたね？」

「たいした記憶力だな！」ジョニーは感嘆の声をあげた。

「あなたがたのことは、覚えていますよ。ミス・カミングスがお二人に会いたがるとは、とても思えません。ですが……」交換手は電話をつなぎ、しばらく待ってから言った。「ミス・カミングス、昨日いらしたお二人が来ています……ええ、そうです……フレッチャーという……」交換手は驚いた顔をし、それからうなずいた。「わかりました、ミス・カミングス」電話を切り、ジョニーに向かって不承不承言う。「上にあがって結構です」

ジョニーは交換手にウインクして言った。「だから言っただろ、待ってるって」

二人はエレベーターに乗りこんだ。サムが困惑顔で、ジョニーのほうを見やって言った。「すんなり入れてもらえるとは思わなかったぜ」

ジョニーは肩をすくめた。「女ってやつは！」

二人はアリス・カミングスの住む階で外に出たが、ジョニーがドアのブザーを鳴らしもしないうちに、アリス・カミングスがドアを開けた。淡いスミレ色の高価な部屋着を身に着け、唇に笑みを浮かべていたが、目はまったく笑っていなかった。

「入って、ジョニー」アリスは熱心に言った。「それに――ミスター・スプラッグだったわよね？」

「クラッグだよ、お嬢さん。サム・クラッグ」

「サムね」アリス・カミングスは満足そうに言い、サムを優しく見やった。「強いんでしょう？」

「世界で一番強い男だ」サムは誇らしげに答え、アリスのそばを通って部屋に入る時に、筋肉を収縮させてみせた。

アリス・カミングスはドアを閉めた。「来てくれてうれしいわ」ジョニーに向かって言う。「昨日はちょっとお金がたりなかったけど、今日は持っているから」

「いや、その件で来たわけじゃないんだ」ジョニーは言った。「お金の件は、すっかりかたがついているしな」

「でも、全額払わなかったはずでしょ。いくらかたりなかったわよね？」

「もらえるってんなら、喜んでもらうが」サムが言った。

ジョニーは頭を振った。「たりなくても、こっちがそれでいいと言ったんだから、もう話はついてる。あんたに借金はないよ」

アリス・カミングスは部屋を横切ってテーブルのそばへ行き、赤い革のハンドバッグを取りあげた。

「借金はきちんと払うことにしているの。ええと、全部で七十四ドルだったわよね。それで私はあなたに……いくらお金を払ったかしら？」

「五十七ドルだ。だが――」

「なら、十七ドル借りがあるわけね」アリスは分厚い札束を取り出すと、紙幣を抜き始めた。「さてと、面倒を避けるためにあなたに渡した、あの貯金箱を返してもらえないかしら……」

「今は持っていないんだが」

「取ってこれるでしょ」アリスはジョニーを鋭く見やった。「中にあったコインを、使う暇なんてなかったわよね？」

「ああ」ジョニーは言った。「しかし、困らせないでもらいたいな。おれはあれで、全額払ってもらったことにしているんだから」

「コインを返してほしいの。長いことかけてためたものなのよ」

「一セントと十セントと二十五セントばかりだったよ。あわせても、六ドルかそこいらで……」

「お願いだから、あのコインを持ってきて。私はあれがほしいの」

ジョニーはためらった。「もう全部そろっているかどうか、わからないし」

「あなたにあのコインを使う権利なんてないわ。あれは――貴重なものなのよ」

「コイン商のおやじは、そうは言ってなかったけどな」サムが叫んだ。「一セントにつき二セント出すって言われて、終わりだった」

「それじゃ、コインをコイン商に持っていったのね」アリス・カミングスは言った。すでによそよそしかった目つきが、さらにけわしくなる。「あなたたちに、そんなことをする権利はないわ。厄介なことにならないよう、渡しただけなのに――」

「キルケニーって男のことを、聞いたことがあるかい？」ジョニーはいきなり切りこんだ。

「キルケニー――」アリスは言いかけて、我に返った。「その男がこの件に、なんの関係があるの？」

「そいつも貯金箱をほしがっているんだよ」

「キルケニーって何者？」

「AAA――アクミ清算会社の、借金取りだ」

「それはあなたの会社じゃないの？」

「正確には違うんだ。本当はAAAのために働いてたんじゃなく、J・J・キルケニーを手伝っていただけなんだよ」

「いいこと、フレッチャー」アリス・カミングスは無愛想に言った。「AAAだのJ・J・キルケニーだのあなたの事情なんか、どうでもいいわ。お金を返したんだから、私のものを返してちょうだい。私はガチョウの貯金箱と、中身のコインがほしいの。今すぐに」

ジョニーは言った。「レスター・スミスソンと最後に会ってから、どのくらいになる？」

その名前が効果を発揮するかどうか、ジョニーにはわからなかった。すでに相当腹を立てていたアリスは大声をあげた。「レスター・スミスソンって、いったい誰のこと？」

「ジェス・カーマイケルのいとこだよ」

「ジェス・カーマイケルの話なんかしていないわ。あなたからもらいたいのは、貯金箱と中身のコインだけよ。今日、渡してほしいわ――あなたが貯金箱を取ってこれたら、すぐに」

ジョニーは十七ドルのほうへ手をのばした。「わかったよ、アリス。貯金箱を持ってくるから」

アリスは十七ドルをひっこめた。「あわてないでちょうだい。私のものを返してくれたら、このお金をあげるわ。一時間もあれば、戻ってこれるかしら?」

「もっと早いさ」ジョニーはサムに合図し、二人はアリスの部屋を後にした。

下りのエレベーターの中で、サムが言った。「コインはあんたのポケットにあるんだろ? 渡してやってもよかったのによ」

「渡すこともできたが、彼女、ちょっと必死すぎたからな」

「十七ドルなら悪くないだろ。ほぼ、コイン全部の値段なんだから」

「昨日の夜、話をしたコイン商はそう言ってたけどな。コイン商なんてほかにもいるぜ」

「十七ドルもらえるのは確かじゃないか」

ジョニーは建物を出るまで、もう何も言わなかった。それから、ジョニーは言った。「キルケニーも貯金箱を手に入れようと、やけに必死になってたと思わないか?」

「それがやつの仕事だからだろ。借金取りがどんなものか、あんただってわかってるだろうに。自分で猟犬だと言ってたじゃないか」

「おれだってそうさ」ジョニーはきっぱりと言った。「少なくとも鼻はきくし、何やら臭うと思い始めてる。急いでホテルに戻ったほうがよさそうだ」

第十一章

　まもなく、二人はまた〈四十五丁目ホテル〉に戻り、八階にあがった。八二一号室のドアには鍵がかかっていなかったが、それ自体はたいしてめずらしいことでもなかった。メイドが掃除やシーツの交換で、出たり入ったりしていたからだ。しかし、ドアを押し開けたとたん、ジョニーは低く口笛を吹いた。

「なんだこりゃ！」サムが叫んだ。「台風でも来たみたいな有様じゃねえか！」

　ベッドはむき出しになり、毛布やシーツが下に落ちている。一人用化粧台の引き出しが開き、中身が床にぶちまけられている。カーペットも床からはぎ取られ、端のあたりがはがれていた。

「まあ、予想はしてたけどな」ジョニーは思案顔で言った。

「泥棒が入ることをか？　盗むようなものなんか、ここにあるか？」

「ガチョウの貯金箱があるだろ。どこかに見当たらないか？」

「ないな。けど、あのいまいましい代物は、空っぽなんだろ」

「探せ」ジョニーは言った。「どこかにあるかどうか、見てみよう」

　二人はそろって四つん這いになり、ベッドや化粧台の下をのぞいた。毛布やシーツをふるい、再びベッドの上に放った。二分ばかり探し、一本足のガチョウが部屋にないことを確認した。

ジョニーが立ちあがった時、控えめにドアをノックする音がした。

「入れ！」ジョニーは大声で言った。

ドアが開き、エディー・ミラーが部屋に入ってきた。〈四十五丁目ホテル〉のボーイ長であるエディーは、三十代なかばの抜け目のない小男だった。あらゆる疑問の答えを知っていたが、その疑問の多くは、エディーによってもたらされているのだった。

「シロアリでも出たんですか？」エディーは、部屋の惨状を見まわしてたずねた。

「特大のやつがな」ジョニーは答えた。

エディーはうなずいた。「ミスター・フレッチャー、あなたがたがよからぬことに首をつっこんでることぐらい、知ってますよ。昨夜、警察がここに来たことも、ミスター・ピーボディが小躍りして、にやにや笑いを浮かべてたこともね。それからまた、いろいろあったわけですが」

「例えば何があった、エディー？」

「昨夜、部屋代を払ったでしょう」エディーは指摘した。

ジョニーは頭を振った。「えらく苦労したよ。オケラだったからな」

「おや、そんなのはいつものことでしょうに。ご承知のとおり、私はあなたの味方ですからね、ミスター・フレッチャー。あなたがたは、お金を持っている時には、私によくしてくれますし。だからこれは、ただで教えてあげます。またお金を儲けるまでは、ってことですよ。あなたがたのことを、聞きにきた人たちがいました」

「人たち？」

「最初は二人、その後でもう一人。おそらくその二人組が」エディーは身振りで部屋を示した。「これをやったんだと思いますがね。ごろつきのようでしたから」

「そいつらは、何を知りたがったんだ?」

「あなたがたの部屋番号を。一人が五十セント握らせてきたので、お客の部屋番号を教えるのは、私の首をかけるってことだと言ってやりました。そしたら、もう一人が一ドルくれました」

「それで部屋番号を教えたのか?」

「ええ、いけませんか? フロントで聞くこともできたでしょうし、そしたら、事務に入ってるハスキンズが、部屋の鍵を渡してたでしょう」

「おまえはいくらで鍵を渡したんだ?」

エディーはにやりと笑った。「五ドルまでねばりましたよ。あなたがたが気にするだろうとは思えなかったので。だって、あなたのタキシードは、まあその、クリーニング中なんですし、外套やほかの服四着も同じでしょう? あいつらは、何も盗んだりしなかったんでしょ?」

「ブタの貯金箱以外はな」サム・クラッグが言った。

エディーの顔がくもった。「ここにそんな価値のあるものが置いてあるとは、思いませんでした」

「いや、そこまで価値があるわけじゃないさ、エディー」ジョニーはのんびりと言った。「せいぜい命一人分ぐらいだ」

「冗談でしょう?」

「まあな。わかった、おまえを責める気はないよ。おまえにも生活ってものがあるからな。それで、もう一人はどんなやつなんだ——ごろつき二人の後に来たやつは?」

「ハリー・フラナガンですよ。私に顔を知られてるなんて、向こうは知りませんがね。四年前に一週間ほど、ここに泊まったことがあるんです。街の若いやつの一人で、午後はたいていブロードウェイか、四十八丁目に行けば会えますよ」

「何をやって稼いでるんだ？」

エディーはにやりとした。「手広くがんばってますよ。さいころ博打のお楽しみにふけりたければ、ハリーが手配してくれます。ダイヤモンドの指輪を買いたければ、ハリーがいくらでも持ってきてくれます。二丁目のビンスキーのところで、金髪女と密会したければ、ハリーが知り合いですから、紹介してくれるでしょう」

「ナイスガイだな」

「なぜやつが、あなたに興味を持ったのか、わかりませんね。ミシガン州トラファントから出てきた、無知な田舎者ってわけでもないのに」

「おれについて、どんなことを知りたがったんだ？」

「お決まりのことですかね。どんな仕事をしているのかとか。あなたのことを、私立探偵か何かだと思っているようでした」

「なぜそう思う？」

「あなたがやつの友達を、かぎまわってるともらしてましたから」

「その友達の名前を言ったか？」

「いいえ、でも女ですよ」

「やつがそう言ったのか？」

「いえいえ。しかしやつは近ごろ、やけにいい服を着てましたからね。大きな山でもあてたばかりなのか、服を買ってくれる女がいるかのどっちかでしょう。金持ちの情婦とかね」

電話が鳴り、ジョニーはベッドに近づいて受話器を取った。「もしもし！」

ジェームズ・サットンの声が言った。「ミスター・フレッチャーか？　連絡がついてよかった。昨夜の取引について、よくよく考えたんだが、やっぱり調査を進めるのはやめようと思う――」

「今さらやめるなんて無理だ！」ジョニーは急に必死になって叫んだ。「もう捜査を進めているし、わかったこともある！」

「何がわかったんだ？」サットンはたずねた。

「すぐに行って話す」

「今、話してくれよ」

「電話ではだめだ。十分でそっちへ行くから」ジョニーは受話器を叩きつけ、サム・クラッグのほうを振り返って言った。「後を頼むぞ、サム」

「どうしたってんだ？」

「カモが怖気づいた。もう一度、その気にさせないといけない。また電話があるかもしれないから、ここにいろ。じゃあまたな、エディー」

ジョニーは部屋を飛び出し、通りに出た。客待ちをしていたタクシーを止め、飛び乗る。十分後、〈バービゾン-ウォルドフ・ホテル〉に入ったジョニーは、内線電話に歩みよった。

「ミスター・ジェームズ・サットンを頼む」

しばらくして、サットンが電話に出た。

「ジョニー・フレッチャーだ。今、下にいる。部屋は何号室だ？」

サットンは少しためらってから言った。「三四二二号室だ。でも、十分はあがってこないでくれ」

ジョニーは電話を切り、エレベーターへ向かった。ちょうど上へ行こうとしていたエレベーターに乗りこみ、三十四階でおりる。まもなく、ジョニーは三四二二号室のブザーを押した。

すぐにジェームズ・サットンがドアを開けたが、サットンはしかめ面をした。「十分間待ってくれと、言っただろう」

「時計が止まってたもんでな」ジョニーは言い、部屋に入った。ちらりと見まわしただけでも、サットンが豪勢な暮らしをしているのがわかった。そのスイートルームには、少なくとも三つの部屋があり、〈バービゾン－ウォルドフ・ホテル〉の目下の宿泊費は、最低でも月に千ドルはかかるだろうと思われた。

サットンはドアを閉めると言った。「フレッチャー、きみを雇ったのは間違いだったと、今も思っているんだ。だから、よかったら――」

「だめだ」ジョニーはぴしゃりと言った。「だっておれはもう、レスター・スミスソンの手がかりをつかんでいるんだから」

「そんな時間があったとは、とても思えないが――」

「ミスター・サットン、おれは昨夜ずっと、この問題について考えていたんだよ」ジョニーはよどみなく言った。「それがおれのやりかたなんだ。その辺の調査員がビールをがぶ飲みし、騒ぎ明かしている時でも、おれは働いてるんだ。昼も夜もずっと。レスターの件を抱えたままベッドに入ったので、夜、目が覚めた時にも、おれはそのことを考えていた。レスターのことがたえず頭にこびりついて、離れないんだよ。そんなわけで、昨日の午前二時ごろ、どうにも眠れなかった時にも、おれはレスターのことを考え、自問した。おれがレスター・スミスソンだったら、二千二百もの食料品屋を持つ男の、甥だったらとね。おれにはいとこがいる。二千二百もの食料品屋を持つ男の御曹司で、普通に考えれば、彼が店を受け継ぐことだろう。だがそのいとこは、食料品屋の仕事にまったく関心がない。プレイボーイで、食料品を売ることより、コーラスガールにミンクのコートを買ってやることにばかり、夢中になってる。いや、別にコーラスガールにミンクのコートを買ってやるのが、悪いと言ってるわけじゃないぜ。コーラスガールはひどく冷えるし、上等の毛皮だとか、体を温めるためのものが何もないんだから。おれ個人は、それに文句をつけるつもりはないよ。二千二百の食料品屋を持つ男の息子だからといって、ひたすら砂糖やコーヒーの目方をはかって暮らせと言われる筋合いもないわけだしな」

「ああ」サットンは言った。「もちろんそうだろうな」

「とはいうものの」ジョニーは続けた。「二千二百店舗の食料品屋を持つ男の、ただ一人の甥という立場から見れば、まったく話は違ってくる。店を継ぐ直系の跡取りが、家にいるとなればなおさらだ。自分に関心を持ってもらい、伯父に自分はこんなにできる男だとアピールするには、どうしたらいいだろう？　特に、件の伯父が貧しい食料品の売り子から、身を起こしている場合には？」

「ジェス伯父さんは、食料品の売り子だったわけじゃないよ」サットンが言った。「通信士だったんだ」

「同じことだよ。底辺から出発した貧しい男が、出世したんならな」ジョニーは間を置き、サットンに向かって微笑んだ。「少しはわかってきたんじゃないか？」

「いや、まったくわからないな」

「スミスソンは」ジョニーは声をはりあげた。「オールド・ジェス・カーマイケルと良好な関係を築くために、何ができただろう？　食料品屋の仕事を一から勉強することができたはずだ」

「レスター・スミスソンの話をしてるんだよな？」

「ほかに誰の話をするんだ？　彼は利口な男で、店のいくつかがほしかった。だから、彼のような立場の男ができる、唯一の方法を取ることにした。食料品店で仕事を始めたんだよ。見習いから！」

サットンは魅せられたようにジョニーを見つめた。「どこで？」

ジョニーはサットンの疑問をしりぞけるようなしぐさをした。「そんなのは、ささいな問題にすぎない。どこにいるかわかってるんだから――見つけられるはずだ」

「フレッチャー」サットンは、感心したように頭を振って言った。「そんな奇想天外な話は初めて聞いたよ。しかし、一つだけ具合の悪いことがある。レスターはかれこれ十二年も前に、姿を消しているんだよ」

「だったら？」

「きみはレスターが今も――なんと言ってたっけね――砂糖やコーヒーの目方をはかって暮らしていると思ってるのかい？　二千二百ある店のどこかで？」

「ありえることだろう。出世して、肉売り場にいるかもしれない」

その時、寝室からオールド・ジェス・カーマイケルが姿をあらわした。「フレッチャー、昨夜はきみを見くびっていたようだ」

ジョニーは愛想よく微笑んだ。「たいていの人はそうですから」

「きみには想像力があるな」オールド・ジェスは、サットンのほうを振り返った。「レスターを見つけるための、取り決めとはなんだ?」

サットンは肩をすくめた。「よくあることですよ。出来心ってやつです、ジェス伯父さん。自分の仕事に専念すべきだったと思ってるところですから、どうか忘れてください」

「いや」オールド・ジェスは言った。「レスターがいないとさびしい」しばらく間を置いてから続ける。「おまえと同じく、レスターも私の甥だからな」苦悩がオールド・ジェスの顔をよぎった。「ジェスのいない今は、私にとって身内と言えるのは、おまえとレスターだけなのだ。ジェスとレスターが仲がいいとは言えなかったことは、わかっている。たぶん悪いのはジェスのほうだということも。しかし、ジェスが死んでから、どうもそういったことが、よく思い出せないのだ。いや、どうでもいいと思っているのかもしれない。ここ数年のレスターに関する記憶は——それほど鮮明ではないが、覚えているのは……」オールド・ジェスは言葉を切り、ごくりと唾をのみこんだ。それからまた、きびきびした口調に戻ると言った。「フレッチャー、しばらくきみの豊かな想像力をおさえ、率直に言ってもらいたい——きみは、レスターを見つけられるのか?」

「はい、ミスター・カーマイケル。ほかの誰かにできるのなら、私にもレスターを見つけられるはず、ということですがね」

「砂糖の目方をはかっているのをか?」ジョニーはつつしみ深く黙っているべき時を心得ており、オールド・ジェスはうなずいた。「やってみてくれ。これを……」オールド・ジェスは胸ポケットに手を入れ、財布を引っぱり出すと、紙幣を五枚抜き取った。「ここに五百ドルある。きみがレスター・スミスソンを見つけられたら、もう千ドル払おう。いいな?」

ジョニーは紙幣を受け取り、鋭くサットンを見た。サットンは肩をすくめた。「どうも、ミスター・カーマイケル。取引成立です。一つだけ、聞きたいことがあるんですが。最後にレスターを見た、正確な場所と時間は？」

食料品王の顔を、また苦悩がよぎった。「私に聞かないでほしかったな」オールド・ジェスは、サットンを見やった。「たぶん、おまえが話したほうがよかろう、ジェームズ」

「ジェス伯父さんがそう言うなら。ハノーバー・クラブでのことだった。ぼくたち全員で昼食を食べたんだが――まあその、みんなちょっとよけいに飲みすぎていたんだ。それでいとこのジェスとレスターが――口喧嘩を始めて、ジェスがブラックコーヒーのカップを、レスターの顔に投げつけた。あのコーヒーは、かなり熱かったんじゃないかと思うよ。レスターは出て行ってしまい、ぼくらがレスターの姿を見たのは、それが最後になった」

「それから十二年になると？」

「今年の八月でね」

ジョニーは五百ドルの紙幣をしまって言った。「ミスター・カーマイケル。忙しくなりそうです」

「連絡を待っているぞ」

ジョニーはうなずき、ドアに向かった。廊下に出ると、ジョニーは五枚の紙幣をポケットから取り出した。「あんたらの顔を見るのもずいぶん久しぶりだよな、おい」ジョニーは熱をこめて言った。

第十二章

〈四十五丁目ホテル〉に戻り、八二一号室に入ったジョニーは、部屋が空っぽであることに気づいた。バスルームをのぞいても、サムは見つからなかった。困惑しつつロビーにおりたジョニーに、エディー・ミラーが近よってきた。

「何があったんですか、ミスター・フレッチャー?」エディーはたずねた。

「サム・クラッグは外出したのか?」

「ええ、聞きたいのはそのことなんですよ。十分ほど前に、すごい勢いでおりてきたかと思ったら、たった今、あなたが足を折ったって電話が入ったとか言って――」

「冗談だろ!」ジョニーは叫んだ。「誰がそんな電話をかけてきたんだ?」

「聞けませんでした。あなたが事故で足を折ったって連絡があったとしか、言いませんでしたから」

「病院に行ったのか?」

「いえ、私の知るかぎりでは。表のタクシーに乗りこむのは見ましたが」

「タクシー代なんて持ってないはずだけどな」

「きっと忘れてたんでしょ」

「くそ!」ジョニーは言い、ずかずかとフロントに近づいた。支配人のピーボディが、調べていた元帳から顔をあげた。ジョニーはもらったばかりの札束を引っぱり出し、紙幣を一枚抜き取った。

「こいつを崩してほしいんだが」

ピーボディは軽く息をのみ、紙幣を取って光にかざした。紙幣を裏も表もためつすがめつし、しわくちゃにしてからまたじろじろと見る。「フレッチャー、どこでこれを手に入れたんです?」

「あんたは客みんなに、金をどこで手に入れたか聞いてまわってるのか?」ジョニーはかみついた。残りの紙幣を見せびらかして続ける。「小銭が必要だったから、ちょっと銀行によってきたのさ」

「五百ドル」ピーボディは低くつぶやき、それからぶるっと身を震わせた。「かしこまりました、ミスター・フレッチャー。どのようにいたしましょうか」

「どうでもいい——十ドル札か、二十ドル札で、チップ用の一ドル札もあれば、なおいい」

ピーボディは紙幣を数え、百ドル札をもう一度ちらりと見やってから、現金入れにしまった。

ジョニーはエディー・ミラーに合図し、ドアのほうへ行った。

ホテルから数ヤード離れた縁石のそばに、スカイトップのタクシーが停車していた。ジョニーは大股で運転手に近づいた。「どのくらいここで客を待ってるんだ?」

「かなり長いですね」運転手は答えた。「乗りたいんですか?」

エディー・ミラーがやってきて言った。「よう、ベン。ミスター・フレッチャーに手を貸してほしいんだが」

「いいとも、エディー」

「どのくらいここで客を待ってるんだ?」ジョニーは繰り返した。

「半時間ぐらいですかね。暇な一日ですよ」

「十五分ほど前に」ジョニーは続けた。「ホテルから、男が飛び出してきただろう――それから二十分かそこらのうちに――」

「ええ」運転手は言い、しかめ面をした。「客をかっさらわれちまったんですよ。ここに並べて止めてるやつらがいて――たいしたことじゃないと思ってたんですが、ホテルから男が出てきたとたんに、そいつらが目の前で急発進して、おれの鼻先で、客を乗せちまったんです」

「どんなタクシーだった？」

運転手は肩をすくめた。「知らない運転手でした。おれの知ってる、タイムズスクエア周辺のやつじゃないですね。使い古しの旧式車に乗ってました……そう、ラッキークローバータクシーだったな。この辺じゃ、あまりいない」

「仕組まれてたってわけか」ジョニーは言った。「ナンバーとかは、わからないか？」

「いや、おれから客を横取りして、地獄のコウモリみたいにここから飛び出していきましたからね。おれがやつをどう思ったか、言ってやる暇もありませんでした。ああ――そういえば、タクシーにはもう、男が乗ってましたよ。後部座席にってことですが」

「ここで待っててくれ」ジョニーは言った。「すぐに乗せてもらう」ジョニーは踵を返し、大股でホテルのロビーに入った。まっすぐに電話ボックスへ行き、住所録で番地を調べる。

エディー・ミラーが、ジョニーのそばをうろうろしながら言った。「どうにもまずい状況ですね」

「サムは自分の面倒は自分で見られるさ」ジョニーは言い、向きを変えた。「おれは、会いにいかなきゃならん男がいる」ジョニーは言った。「サムが万一戻ってきたら、ここでじっとおれを待てと伝えてくれ。たとえおれが、左腕と両足を全部折ったって電話があってもだ」

「わかりました、ミスター・フレッチャー」

ジョニーは急ぎ足でホテルから出ると、待機していたベンのタクシーに乗りこんだ。「マディソン街、四十九丁目へ頼む」ジョニーは言った。

タクシーは七番街の北側へ向かい、四十六丁目で東に曲がった。マディソン街へ渡り、今度は北へ曲がる。数分後、ジョニーはタクシーからおり、運転手に一ドル渡して言った。「ここで待っててもらえるか」

「長くかからなければ」

「十分以上はかからないと思う」

「なら大丈夫です。タクシー乗り場にいるか、並列駐車してますよ」

ジョニーは少しばかり歩いて、オフィス用ビルに入った。ビルの案内板を調べ、九階にあがる。いくらもたたぬうちに、ジョニーは〈アクミ清算会社〉と文字の入ったすりガラスのドアの前に立っていた。

ジョニーは中に入った。小さな待合室と、二つの専用事務室らしきものがある。おそろしく長く、とがった爪をした秘書が、タイプライターの前でだらけていた。

「社長を頼む」ジョニーは言った。

「お名前は？　出社してるかどうか見てきます」

「クラッグだ。サム・クラッグ」

受付嬢はジョニーを鋭く見すえ、腰をあげた。右にあるすりガラスのドアに入り、後ろ手にドアを閉める。しばらく後で戻ってくると言った。

「ハマー社長になんのご用ですか？」

「キルケニーという男の件だ」ジョニーは答えた。「ここで働いてるはずなんだが」

「キルケニー？　ええと、そういった名前の者がいるかどうか、私にはわかりかねますが」

「おい！」ジョニーは怒鳴った。「冗談はよせよ。そんなに大きな会社じゃないだろ？」

「ミスター・キルケニーになんのご用ですか？」

「キルケニーに会いたいわけじゃない。ミスター・キルケニーの件で、ミスター・ハマーに会いたいんだ」

「ええと、彼がどうかしたんですか？」

ジョニーは専用事務室を指さして言った。「おれはハマーに会いたいんだ。要するに——」ジョニーはいきなり木の入り口を押し開け、ずかずかとハマーの専用事務室に向かった。受付嬢が悲鳴をあげたが、ジョニーは気にしなかった。乱暴にハマーがいる部屋のドアを開けると、ハマーは机の右側の一番上の引き出しを、さっと開いたところだった。

ハマー氏はずんぐりしたはげ頭の男で、体にびっしょりと汗をかいていた。ハマー氏は上の引き出しに手をつっこんだまま、鋭く言った。「こんな風に押し入ってくるとは、どういうつもりなんだ？」

「キルケニーという男が、ここで働いているだろう」

「そうなのか？」

「働いていないなら、おれは詐欺師に金を渡したことになる」

ハマーは態度を変え、右手を机の引き出しから出した。引き出しのそばからは、はなさなかったが。

「キルケニーに金を払ったのか？　借金を？　あんたの名前を頼む」

「受付で言ったんだがな――サム・クラッグだ」

ハマーはカードの入ったファイルにすばやく目を通し、カードの一枚を抜き出した。「サム・クラッグか。ああ、あった。エイジャックスマンドリン会社だな。ミスター・キルケニーにこの分の借金を払ったと言ったな。いくら払ったんだ？」

「そこにはなんと書いてある？」

「何も書いてないな。ミスター・キルケニーはもちろん、あんたに領収書を渡したんだろう？」

「何ももらってないぞ」

「すまないな、ミスター・クラッグ。集金人には、必ず領収書を渡すよう、指示してるんだ。領収書を見せられないなら、借金はまだ消えてないことになる。長い間未納だったこともあるし、この場で払えと要求せねばならん」

「ああ、かまわないぜ。だが、J・J・キルケニーと話をしたい」

「この件はもう、キルケニーの手を離れてる。扱ってるのはおれで、おれは今すぐ払ってもらいたい。さもないと……」

「さもないと、なんだ？」

「即刻、訴訟を起こさせてもらう。おや――ちょっと待ってくれ、ここにJ・Jのメモがあるな。なるほど、こうなるとかなり話は違ってくる。ミスター・クラッグ、あんたはマンドリンを質に入れたらしいな」ハマー氏は楽しそうな笑みを浮かべた。「こいつは失敗だったな。自分のものでもないものを売りとばすのは、民事裁判で済む話じゃなく、犯罪だ。ミスター・クラッグ、あんたはちょっとやりすぎた。すぐに金を払ってくれるだろう？　さもないと、刑務所にぶちこんでやるからな。どうだ？」

「くだらんたわごとを並べ立ててるだけとしか、思えないな」ジョニーは鋭く言った。「いいか、おれはここであんたと油を売っている暇はないんだ。キルケニーと会いたい、それだけだ」

ハマー氏はいらいらと、拒否のしぐさをした。「ミスター・クラッグ、ミスター・キルケニーはもう、この件から離れている。彼はこの件に関係ない。しかしあんたは、ひどくまずい立場に立ってるんだ。金を払う覚悟をしてもらいたいね」

「おれはびた一文払う気はない」

「そうか――ミス・トラウト！」ハマーはすばやく腰をあげた。「警察を……」

「冗談はよせ」ジョニーは怒鳴った。「おれはＪ・Ｊ・キルケニーの居所を知りたいだけだ」

「こっちはあんたに六十七ドル、払ってほしいだけだよ！」戸口にミス・トラウトが姿を現した。

「ミス・トラウト、警察に電話してくれ」

「はい、ハマー社長！」受付嬢は向きを変え、机の上の電話へと向かった。

ジョニーはドアのほうへ足を踏み出した。「電話を置け！」

「ほう！」ハマー氏は叫び、また机の引き出しにさっと手を入れると、銃身の短いリボルバーを取り出した。「暴力かね、ミスター・クラッグ？　これは警察を呼ぶしかないな。ミス・トラウト――」

「やめろ」ジョニーは言った。「穏やかに話をしようじゃないか」

「話はしただろう、ミスター・クラッグ。六十七ドル払うか、警察を呼ぶかだ」

ミス・トラウトはもう、電話をかけ始めていた。ジョニーは必死で叫んだ。「金を払う！」

「ミス・トラウト、しばらく待て」ハマーは大声で言った。「だが、待機していろ。よし、ミスター・クラッグ、あんたが金を持ってるかどうか、確かめさせてもらおう」

「まず第一に」ジョニーは言った。「おれは、サム・クラッグじゃない」

「おや、今さらそこから話をするつもりなのか？　いいだろう、ミス・トラウト、電話してくれ」

ミス・トラウトはまた電話をかけ始めた。

「金は払うって言ってるだろ！」ジョニーはわめき、一握りの札束を取り出した。

「待て、ミス・トラウト」ハマー氏は命じた。

ミス・トラウトは電話に手を置いたまま待った。ジョニーは六十七ドル数えて残りをポケットに戻したが、うっかり百ドル札の入った札束をさらしてしまった。ハマー氏は貪欲そうな目で、札束をじっと眺めた。

「金を机の上に置いてもらおう、ミスター・クラッグ」

ジョニーは金を手に持ったまま言った。「金はここにある。だから話をしようじゃないか。あんたの部下のキルケニーは、ジェス・カーマイケル殺しに関わってる」

「そんな話は時間の無駄だ」

「アリス・カミングス」ジョニーは、ファイルカードを指さして言った。「調べてみろよ――昨日、集金してるはずだからな。ミス・カミングスは、ジェス・カーマイケルが殺された部屋に住んでる子なんだ。あんたの部下のキルケニーはたまたま、あの丸々太った耳まで、事件にどっぷりはまりこんだわけだ」

集金代理業者はうすく微笑んだが、その日にぼんやりと疑念を浮かべた。

「こんなことを言いあっても、あんたのためにはならないぞ」

「わかった」ジョニーはきっぱりと言った。「カードを確かめてみろよ――やれるもんならな。もし、ミス・カミングスの名前がなかったら、喜んで百ドルくれてやる」

ハマーはためらったが、カードに手をのばした。「すぐに証明してやるさ、あんたが……」ハマーはさっと指でカードをめくり、やがて手を止めた。目を細め、すばやくジョニーを盗み見てから、カードを抜き出す。

「いったいあんたは何者だ、ミスター・クラッグ？」ハマーはゆっくりとたずねた。

「まず、おれはサム・クラッグじゃない」ジョニーは急いで言った。「そのカードを見てみろ――ミス・カミングスは全額借金を払ってるはずだ」

「五十二ドルだが」ハマーは額にしわをよせた。「全額払ったことになっているな。アリス・カミングスか。ううむ」ハマーはじっと考えこんだ。「名前は同じだが、そういう名前の女が二人いたのかも――」

「いいや、ありえないね。だったらどうして、おれが彼女のことを知ってるんだ」

「そこが肝心だな。あんたがアリス・カミングスのことを知ってるのは、まあいいとしよう。昨日から、どの新聞にも名前がのってるからな。だが、うちのミスター・キルケニーが昨日、彼女から金を取ったなんて、あんたにわかるわけがない」

秘書室のドアが開き、J・J・キルケニーが入ってきたが、ジョニーはドアに背を向けていた。ジョニーはハマー氏に言った。「キルケニーは耳までこの件につかってる。控えめに言っても、やつはくわせものだし、おれに言わせればたぶんもっと……」

キルケニーは、ドアから奥までの短い距離を横切り、部屋にかけこんできた。大きな手をのばし、ジョニーをひっつかむ。「おれがなんだって、このちんけなチビ野郎め?」

キルケニーは左手でジョニーの体をまわし、あいている右の手のひらで、ジョニーの頭を左に、それから右に揺さぶった。ジョニーは痛みにあえぎ、こぶしで大男の腹を叩いたが、指の関節を痛くしただけだった。

ハマー氏がジョニーを救った。ハマーはキルケニーの半分の大きさしかなかったが、それでもキルケニーの上司だった。ハマーは冷ややかに言った。「もうよせ、J・J!」

キルケニーはジョニーをはなしたが、決して落ち着いたわけではなかった。「後で話をつけようじゃねえか」

「今度おれに手を出したら」ジョニーは激怒して言った。「あんたを切りきざんでやるからな」

キルケニーは大きな右手を反射的にジョニーのほうへのばしたが、ジョニーはすばやく後ろへさがった。

「さてと」ハマー氏が高圧的に言った。「話を整理するとしよう。J・J、ミスター・クラッグがおまえについて、重大な告発をしたんだが」

「クラッグ?」キルケニーは叫んだ。「こいつはクラッグじゃない。フレッチャーといって、サム・クラッグの飼い主ですよ」

「飼い主?」

「クラッグってやつはサルで、筋肉がちがちのゴリラです。こいつが横で教えてやらねえと、口もきけないんですよ」

「サムに言っておく」ジョニーは警告した。

「いいぜ。あのサルとはもう一戦やりたくて、うずうずしてるんだ。今度はそううまくいかねえからな」

「教えといてやるが」ジョニーは言った。「サムは一晩中でもあんたを投げ飛ばせるぜ」

「おい、二人とも。ちょっと待て」ハマーがさえぎった。「いったいどういうことなんだ？　あんたは――サム・クラッグと名乗ったはずだが、今になってクラッグじゃないと言う」

「おれは、クラッグと名乗ってなんかいないぞ」ジョニーは言い返した。「それどころか、クラッグじゃないと言おうとしたはずだがな――」

「ミス・トラウトに、サム・クラッグと名乗ったじゃないか」

「クラッグの借金の件で、と言ったんだ」

「それで思い出したが、手に持ってるその金は、こっちにくれるんだったな」

ジョニーは金をポケットに入れると言った。「銃をつきつけられたから、金を渡そうとしたんだ。おれがここに来たのは、そこのでかぶつの正体を暴くためだ」ジョニーはキルケニーを指さした。

「こいつはカーマイケル殺しに関わってる」

「誰がそんなことを言ってるんだ？」キルケニーは怒鳴った。

「おれが言ってるんだ。今朝早く、あんたはおれの泊まってるホテルに銃を持って押しかけてきて、おれが銃を取りあげたら――」

「キルケニー！」ハマーが叫んだ。「銃を持ち歩いてたのか？」

「あんたが手に持ってるそれだって、スミレの花束じゃないだろ」キルケニーは皮肉った。

ハマーはまだ手にリボルバーを持ったままだったことに気づくと、銃を一番上の引き出しに放りこんだ。「これは護身用に持っているだけだ。だが、借金取りが銃を持つことを、おれがどう思っているか、よく知っているだろう。やばいことになり、おまわりに銃を持っているのを見つかって、それから――」ハマーは自分の喉の上で、指を横にすべらせた。「さて、今朝、この男の部屋に押し入ったのは、どういうわけだ?」

「こいつの相棒のサム・クラッグの件ですよ。やつには六十七ドルほど、借金があります」

「サム・クラッグのカードはここにある。確かに、借金があるな」

「おれはただ、その借金を回収しようとしただけですよ。フレッチャーは狡猾な男です。やつが今ここにいるのは――おれを厄介事にまきこんで、正当な借金を踏み倒すためですよ」

「あんたはもう厄介事に首をつっこんでるだろ、キルケニー」ジョニーは怒鳴った。「今朝、おれたちがホテルを出た後、戻ってきて部屋を荒らしたよな。そしてガチョウの貯金箱を盗んだ――」

「なんだと?」キルケニーは叫んだ。「貯金箱が――盗まれた?」

「あんたがやったんだろ?」

「違う!」キルケニーはわめいた。「だが、おれはあの貯金箱が必要なんだ……!」

「どうしてだ?」ジョニーはすばやくたずねた。

「それはあの女が――」キルケニーは言いかけたが、自分をおさえ、こうしめくくった。「カミングスがよこした金が、十七ドルたりなかったからだ。あの貯金箱には十七ドル入ってて、カミングスはたりない分を補うために、おまえに貯金箱を渡した。金はおれのもんだ」

「J・J」ハマーは言った。「いったいなんの話をしているんだ? おまえはアリス・カミングスから金を集めたんじゃないのか」

「話を続けろよ」ジョニーは言った。「説明してみろ」

キルケニーは説明しようとした。大きく息を吸いこんで言う。「こいつは狡猾な男だって言ったでしょう。おれはこいつと、こいつの友達のゴリラが、〈四十五丁目ホテル〉にいるのをつきとめたんだが、こいつらは十セント硬貨一枚持ってなかった」

ジョニーはポケットから四百ドルを取り出し、J・J・キルケニーに百ドル札が見えるように、ぺらぺらとめくってみせた。「それからどうした」

「そうだな」ハマー氏が言った。「続けろ」

キルケニーは後を続けた。「売り言葉に買い言葉で、こいつは借金を踏み倒してとんずらしたやつから、おれよりうまく金を取れるとぬかしやがった。おれは、カミングスのカードをこいつに渡して、金を取ってこれたら十ドルやると言った」

「十ドルか」ジョニーは穏やかに言った。「おれはたったの十ドルで、四年前に行方をくらました女を追跡してやると言ったんだよな。それからどうなったんだ、おい。けどもうちょっと面白おかしく話してくれよ」

「黙れ」キルケニーは怒鳴った。「とにかくおれたちは取引をしたんだが、こいつはあの女が、五十七ドルしか払わなかったと言った」

「あんたはおれたちの言うことを信じず、ミス・カミングスの部屋に取って返して、彼女が十七ドル入った貯金箱を、おれに渡したと知ったんだろ。ジェス・カーマイケルが殺された後で」

「でたらめだ！」キルケニーはわめいた。

「そうなのか、J・J?」ハマー氏がたずねる。

「こいつはおれを厄介事にまきこもうとしてるだけだと言ってるだろ！」

「ああ、そうだよな」ジョニーはのんびりと言った。「ポケットに数百ドル持ってるっていうのに、おれはあんたと、四年前に行方をくらました女を追いかけてやるって約束をしたんだよな――集金手数料たったの十ドルで。おまけにそれから、一セント硬貨でいっぱいのブタの貯金箱を、あんたからちょろまかそうとした。それにしても」ジョニーは間を置き、いきなりキルケニーに質問を浴びせた。「いったいどうして、あの一セント硬貨の山に、そんなに躍起になってるんだ？」

「あれはおれのもんだからだ」

ハマー氏が突然、結論を出した。「J・J、おまえとは少しばかり、話をしなくちゃならんようだ」ハマーはジョニー・フレッチャーを見やると言った。「あんたはもう、いてくれなくてもいい」

「それじゃ、さっさと退散するとしよう」ジョニーは言った。「だが、ミスター・ハマー、そこにいるJ・Jに忘れずに聞いとけよ。なぜやつが、おれにミス・アリス・カミングスから金を取ってこさせたがったのか――よりによってジェス・カーマイケルが、彼女のアパートで殺される直前にさ。それから――」

「ここから出て行け！」キルケニーはしゃがれ声でわめき、再びジョニーに向かって突進した。

ジョニーは身をかわすと、笑い声をあげた。ひょいと事務所のドアをくぐり、外の部屋に出る。それから入り口のドアに手をかけ、大声で言った。「タイムズ紙が待望の続報を発表しそうだな、J・J！」

ジョニーはすばやく外へ出た。

第十三章

ジョニー・フレッチャーが、〈バービゾン-ウォルドフ・ホテル〉のジェームズ・サットンに会うため、部屋を飛び出した少し後で、エディー・ミラーはサム・クラッグを残して、八二一号室を出た。サムは八二一号室を荒らして、一本足のガチョウを盗んでいった男――もしくは二人組がめちゃくちゃにした部屋を、掃除しようとしていた。

サムが部屋をほぼ片づけ終えた時、電話が鳴った。サムは受話器を取ると言った。「サム・クラッグだ」

興奮した声が言った。「ジョン・フレッチャーの友達か?」

「ジョニー・フレッチャーか。ああ、ジョニーとおれは相棒だ」

「その、言いにくいんだが」電話の声は続けた。「あんたの友達が、事故にあったんだ」

「事故にあっただと!」サムは叫んだ。「くそ――いったい何があったんだ?」

「彼は猛スピードで、マディソン街をつっきろうとしてた。言っておくが、信号も無視してたんだぜ。それで、おれの車の真ん前に飛び出してきたんだ」

「つまり、あんたがジョニーをひいたってことか?」サムはわめいた。

「残念だが、そのとおりだ。けど、さっきから言ってるように、悪いのはどう見ても向こうだ。だがとにかく、おれは彼を部屋に運んで、医者を呼びにいかせてる」

「医者？　怪我はどのくらいひどいんだ？」

「見たところ、足が一本折れてる。体の内部にも、傷があるかもしれない」

「あんたはどこにいるんだ？　どこに住んでるのかってことだが。すぐそっちへ行く」

「それがいいと思うぜ。住所はええと、マディソン街一〇〇一のCアパートだ……」

「マディソン街一〇〇一、Cアパートだな。すぐそこへ行く。ジョニーにおれがそっちへ向かってると、伝えてくれ」

サムは音をたてて受話器を置くと、ドアに向かって突進した。鍵をかけるのも忘れて外へ飛び出す。幸い、エレベーターは上の階にあり、すぐに下へ着いた。

ロビーでサムは、エディー・ミラーと出くわした。「たった今、ジョニーが車にひかれたって電話をもらったんだ」サムは頭に血をのぼらせたまま、エディーに言った。「足を折ったとかなんとか言ってた。会いにいってくる」

「おや、そいつは大変ですね、ミスター・クラッグ」エディーは慰めた。「病院はどこ……」

しかしサムはすでに、ドアへ向かっていた。

サムはホテルから飛び出し、数ヤード離れたタクシー乗り場で、客を待っていたタクシーに合図した。近くに並列駐車していたタクシーが、別のタクシーの前で急発進し、スリップしながらホテルの真ん前のあいた場所に止まった。さっとドアが開く。

「乗るんだろ、あんた」運転手が言った。

サムはタクシーに飛び乗り、車は轟音とともに走り出した。その時サムは、タクシーにもう男が乗っていることに気づいた。「ああ、悪いな、あんた」サムは言った。「親友が、車にひかれたって知らせがあってな。すぐ、会いにいかなきゃならないんだ……。マディソン街一〇〇一まで」

「いいぜ」サムのかたわらの男は言った。「おれたちが連れてってやるよ。レオナルド、急げ」

サムの隣にいる男は、サムと同じくらいがっしりしており、おそらくサムより数インチ背が高かった。ひげそりをしたほうがよさそうだったが、のびたあごひげも、陰気な顔のあちこちにきざまれた傷を、すっかり隠すことはできていなかった。

「ご親切にどうも」サム・クラッグは言った。「おれとジョニーはもう十六年、いや、ひょっとすると十七年のつきあいになるかもしれないんだ。おたがいのためなら、なんでもするのさ」

「友達の鑑だな」

車は七番街を曲がらずに横切り、サムは再び大声をあげた。「どうして七番街を行かないんだ?」

「混雑してるからな」運転手は答えた。「こっちのほうが早い」

サムはそれ以上抗議しなかった。タクシーは十二番街で北に曲がって数ブロック走り、ウエストサイド・ハイウェイに通じる傾斜路に入った。轟音をたてながら、通りを疾走する。

「あんたの友達は、なんで怪我をしたんだ?」サム・クラッグの隣にいる男がたずねた。

「マディソン街を渡ってる時に、車にはねられたんだ。ジョニーらしくもない。よほどあわててたんだろう」

「誰かがわざとはねたのかもな」男は挑発するように言った。「あんたの友達に、敵はいなかったのか?」

「ジョニーに? いや、ホテルの支配人のミスター・ピーボディ以外には、みんなに好かれてたぜ」

「知らないところに敵がいたんだろう」男は言いつのった。「例えば、他人のことにうるさくちばしをつっこんでたとかな」

「なら、ジョニーがうるさくかまってた相手は、気をつけたほうがいいな」サムは友情に厚いところを見せて言い返した。「そのうちジョニーのせいで、馬鹿を見るだろうからな」

「あんたとフレッチャーは、実にいい友達らしいな」

「ああ、もちろんだ。さっきも言ったが、おれたちはずっと相棒で――」サムはしゃべるのをやめ、鋭くかたわらの男を見やった。「おい、おれの友達の名がフレッチャーだと、どうして知ってるんだ?」

「そりゃあ、あんたがそう言ったからだろ」

「いいや。おれはジョニーと呼んでたはずだ」サムは窓の外を眺め、車が九十六丁目に近づいているのを見て取った。「おい、ちょっと遠くまで来すぎなんじゃないのか――」

「かりかりするなよ、兄弟」サムのそばにいる男が言った。

男はコートの左ポケットからリボルバーを取り出し、サムに見せた。「行儀よく座って、ドライブを楽しめ」

サムは仰天し、息をのんだ。「なんだと、おまえら……」

「じっとしてろ!」

サムはうなり声をあげた。「はめやがったな。ジョニーは怪我なんかしてないんだろ」

「ああ、そうさ。わかったら安心して、おとなしく座ってろ」

「電話をよこしたのも、おまえだろう。そういえば、おまえらのタクシーも、やけにおあつらえむきの場所にいたしな」

「そのとおり。おれが道の向こうから、おまえに電話したのさ。おまえはいいカモってわけだ、そうだろ？」

「銃をしまえよ。そしたら、どうだかわかるさ」

「お断りだ。おまえの話は聞いてるからな。この銃は古いし、そっちがこいつを持ってたって、せいぜいおれと互角ぐらいだ」

「銃なんかなくても互角だ」

「なら銃(これ)があれば、おれがずっと上だな」

サムは男をにらみつけた。「どういうつもりだ？　おれは金なんか、一銭も持ってないぞ」

「おまえのダチのフレッチャーが、おれたちがほしいものを持ってるんだ」

「おい」サムは叫んだ。「おまえらがほしがってるのは、一本足のガチョウだろ」

「そうだ、でぶっちょ」

「おれがでぶだと！」サムは怒りの声をあげ、身をよじり始めたが、かたわらの男は手をのばすと、銃口でぐいとサムをつついた。

「ああ、でぶっちょだ。さて――目的地に着くまで、少し静かにしておけよ」

サムは座席にもたれ、憂鬱そうに窓の外を眺めた。車はヘンリー・ハドソン橋を通り抜けて、ソウ・ミル・リバー・パークウェイを進み、三十五分か四十分ばかり後に、生い茂る若木に囲まれたせまい未舗装の道に入った。轍(わだち)だらけのでこぼこ道で、サムの体は激しく飛びはねた。隣の男も同じだったが、男は警戒をゆるめず、銃口をいつでもすばやくサムに向けられるようにしていた。

轍だらけの曲がりくねった道を五分ほど進んだ後で、車は空地へ入った。風雨にさらされ、あちこちがはげた、丸太小屋の前で止まる。

「終点だぜ」サムのかたわらの男が、楽しそうに言った。「ほら、おりろよ」

サムはタクシーからおりた。運転手のレオナルドは、まだ運転席にいた。「戻ってボスを連れてきたほうがいいよな、シド」

「ボスはここを知ってるだろ」シドと呼ばれた男は言った。

「そりゃそうだが、おれたちから電話をもらうのはごめんだろうし。おれたちがでぶをとっつかまえたってことを、知ってたほうがいいだろ」

「フレッチャーもつかまえないとな」

「そんな必要があるのか？」

「ボスがそうしろっていうなら、引き渡す必要があるだろ」

「ここに二人とも連れてくるってのは、気に入らねえな」

「おれだって、気に入ってここにいるわけじゃねえ」サムが割りこんだ。「ずっと考えてたんだがな。おまえらは、おれを無理やりここに連れてきたんだ。つまり、こいつは誘拐だ。ＦＢＩにおまえらを追跡させることもできるんだぜ」

シドはにやりと笑った。「まさかそんなことはしないよな、でぶ。おれはもう、すっかりびびっちまってる。それより、中へ入って話しあおうぜ。うまく話をつけられるはずだ」

運転手のレオナルドは、あまり乗り気ではなさそうだったが、タクシーからおりた。サムと仲間のごろつき、シドの後について、丸太小屋に入る。

小屋は小さかったが、粗木造りの家具で、申し分なく整えられていた。部屋は、まあまあ広い居間と、そこに通じるドアがある寝室、キッチンの三つだけだった。

シドが、リボルバーで長椅子をさして言った。「座れ」

サムは腰をおろし、近くの小テーブルの上にある、電話を見やった。「電話をしてもいいか?」サムはたずねた。

「ジョニー・フレッチャーにか?」

「ああ」

「もちろんかまわないぜ。というか、こっちから言おうと思ってたところだ」シドはレオナルドにサムを見張るよう合図すると、電話の前へ行き、受話器を取りあげた。

「ニューヨークシティの、〈四十五丁目ホテル〉を頼む。こっちの番号は、八二R三だ」シドは送話口を覆い、たずねた。「ホテルの部屋番号はいくつだ?」

「八二一だ」

シドはうなずいた。しばらく待ってから、愛想よく言う。「八二一号室を頼む」さらに少し待った後で、シドは頭を振った。「だめだ、伝言もない」シドは電話を切った。「おまえのダチは、ろくに心配してないらしいぞ。ホテルにもいやがらねえ」

「外でおれを探してるんだろ」

「ニューヨークじゅうをか?」シドは深く息を吸いこんだ。「さて、いろいろ話をしようぜ、でぶ」

「おれをでぶ呼ばわりしてばかりいると、後悔するぞ」サム・クラッグは警告した。

シドは抗議を却下するしぐさをして、言った。「例の貯金箱――おまえはなんと言ってたっけな

——一本足のガチョウだったか?」

「片足が、もう一方より短かったんだ」

「なるほど、確かに一本足だな。おれたちがフレッチャーからもらいたいのは、その貯金箱だけだ」

サムは不機嫌に言った。「おまえらが持ってるんじゃないのか?」

「持っていたら、わざわざこんなことをするはずがないだろ?」

サムはだしぬけに笑い始めた。「つまり、今朝、おれたちの部屋を荒らして、貯金箱を盗んでいったのは、おまえら二人じゃないってことか?」

シドは驚いた顔をした。「なんだと?」

「貯金箱はなくなった。おれたちはもうあれを持ってない。盗まれたんだよ」

「嘘をつくな!」

「いいや、誓って本当だぜ。貯金箱はどうしたとすぐ聞いてくれれば、それを教えて、手間をはぶいてやれたのによ」

シドはサムに向かって一歩踏み出したが、思いなおして、また後ろにさがった。「一瞬、信じそうになっちまった」

「信じたほうがいいぜ。おまえらは、時間を無駄にしてるんだ。おれたちは貯金箱を持ってないし、おまえら二人が盗んだんじゃないなら、誰が持ってるかもわからねえ」

シドはレオナルドに助けを求めた。「どう思う?」

「疑うなら探してみろよ」

「ちょっと痛めつけてみるか」

「おまえと、誰がやるんだ?」サムは挑発した。

シドは歯をむき出した。「自分がずいぶんタフだと思ってるようだな? レオナルド、手ごろなロープがないか見てきてくれ」

レオナルドはキッチンへ行き、しばらくして、短い洗濯用ロープを持って戻ってきた。「これでどうだ?」

「ちょうどいいな。よし、でぶっちょ、手を後ろにまわせ」

「どうして?」

「おれがそうしろと言ってる」

「縛ったりさせないからな!」

「おや、そうか?」シドはサムに近づき、サムの左膝に銃を向けた。「半マイル以上行かなきゃ、家はない。誰にも聞こえやしねえ。三つ数えるうちに手を後ろにまわさないと、膝に穴があくぞ。粉々になった骨がこすれるのを、想像してみろ。一つ……」

サムは怒号をあげつつ立ちあがり、手を後ろにまわした。レオナルドはサムの後ろにまわり、サムの両手首にロープの端をからませると、そのまま二回まきつけ、ロープをぴんと引っぱってしっかりとむすんだ。シドは銃をしまい、サムを長椅子に押し戻した。

「さて、まずは穏やかに聞いてやるが。一本足のガチョウはどこだ?」

「言っただろ」サムはぴしゃりと言った。「今朝、ホテルの部屋から盗まれた」

シドはゆっくりとこぶしをかためると、サムの顎をしたたかに殴りつけた。

「もう一度聞くぞ。一本足のガチョウはどこだ?」

「わかった」サムは言った。「おまえらは、おれにどう言ってほしいんだ?」

「貯金箱がどこにあるか、言ってもらいたいね」

「ＪＰモルガン・チェース銀行の貸金庫にあるよ。ダイヤの指輪と、五万ドルのばら銭と一緒にな。どうしてそこに預けたかってえと、ミスター・チェースがおれの叔父だからだ。叔父貴には、おれが貸金庫代として払ってる、年六ドルの金が必要で――」

サムは、最後の言葉を言い終えることができなかった。シドがサムの顔の右側に猛烈な一撃を加え、続けて左側も殴りつけたからだ。サムの口から血がしたたった。

シドが言った。「さあどうだ、おまえは利口な男だろ?」

「こんなことをしても、貯金箱は手に入らないぞ」サムは言った。

シドはまたサムを殴ろうとこぶしを引いたが、レオナルドが一歩前に出て言った。「ちょっと待て、シド。こいつは本当のことを言ってるんじゃないか」

「そうかもな」シドはうなった。「けど、コインを手に入れなけりゃ、この仕事でろくに稼げないだろ。金髪女とその女友達を、食事に連れてくこともできやしねえ」

「あの一セントと十セントと二十五セントの山があれば、コイン式のレストランには連れてけるだろうよ。けど、それでおしまいだな」サムが言った。

シドは鋭くサムを見やった。「貯金箱の中に、一セントと十セントと二十五セントしか入ってないってのを、どうして知ってるんだ?」

サムはしゃべりすぎたことに気づき、頭を振って、唇をこわばらせた。シドがレオナルドのほうを見やる。

「貯金箱から金を出したな」シドは詰問した。

「簡単にはいかなかったぜ」サムは認めた。「穴がかなり、小さかったからな」

「立て！」シドはサムをかるくこづいた。

サムが立ちあがると、シドはサムのポケットを注意深く調べ、ひっくり返した。「一セントも入ってねえ！　さてはダチのフレッチャーが、金を持ってるんだな」シドは荒々しくうなずいた。「そうだ、貯金箱は盗まれたが、空だったんだ。中身はフレッチャーが持ってるに違いねえ」

数フィート先で、電話がけたたましく鳴った。シドは向きを変え、電話の前へ行った。「はい？」シドは目を細め、注意深く耳を傾けた。「今、調べたところです。ポケットには、十セント硬貨一枚ありませんでした。それに貯金箱は今朝、部屋から盗まれたと言いはっています」シドは顔をしかめ、再び電話に耳を傾けた。「電話しましたが、つかまりませんでした。はい、もちろん、捜索は続けます。え？」シドはしばらく聞いてからうなずいた。「わかりました、ボス。すぐに出発させます」

シドは電話を切り、レオナルドを振り返った。「ボスが街に戻ってこいと言ってるぜ。考えがあるそうだ」

「こいつはどうするんだ？」レオナルドは言い、サムに向かってうなずいた。

「このままここにいさせる。念のためにな。おれがこいつにつきあうよ」シドはドアのほうを身振りで示した。「そこまで一緒に行こう」

二人は小屋を出て行った。

二人がいなくなったとたん、サムは両手を曲げ始めた。両手を前後にねじり、ロープがきつすぎることがわかると、手首を半回転させるようにして、こすりあわせる。じきにサムは、歯をむき出してうなり始めた。

シドが帰ってきた。「よし、でぶっちょ」シドは言った。「座って楽にしろよ。しばらくここにいることになるからな」

外でタクシーのエンジンが、音をたて始めた。ギアが入れられ、エンジンの音は小さくなっていった。

第十四章

南太平洋を五か月航海した後で陸にあがった酔っぱらいの船乗りでも、金がある時のジョニー・フレッチャーほど気前がよくはなかった。ジョニーが金を持っていることはめったになかったが、懐が暖かければ、ジョニーは金を惜しまず使った。ジョニーはボー・ジェスターの給仕長に五ドル札を渡し、給仕長がジョニーを遠くの隅のテーブルに案内しようとすると、その肩を叩いた。

「ここのテーブルでもいいかい？」給仕長に、十ドル札を見せながらたずねる。

「もちろんでございます、お客様。ここはとてもいい席ですよ」給仕長は、ジョニーのために椅子を引いた。「飲み物はいかがでございますか？」

「ああ――ミルクを頼む」

「ミルク？　ミルク……とおっしゃいましたか？」

「そう、ミルクだ。それと、さしつかえなければ、この街について、ちょっと教えてほしいんだが」

「もちろんです、お客様。当店では、最高の食事と最高のワイン、街一番のサービスを提供しております」

「おれもそう聞いてたよ。テキサスにいる友達が、去年ここで、少しばかり金を使ったことがあってね。ニューヨーク一の店だと言ってたよ。その友達は、ヒューストン出身なんだ」

ニューヨークの給仕長にとって、テキサスだのヒューストンだのといった言葉は、燃料のようなものだったが、ジョニーのテーブルのそばにいる給仕長も、顔をかがやかせた。「テキサスはいいところですね。それにヒューストンときたら！」給仕長は言い、目をくるりと天井に向けて、大きく息を吐いた。

「きみ」ジョニーは言った。「まったくそのとおりだよ。ニューヨークには、十年から十二年ぐらい来てなかったから、おれはここじゃあ、新米同然なんだ。何人か知り合いはいたけど、今はどこに行けば会えるのかも、わからなくてね。ひょっとして、なつかしのジム・サットンのことを知らないだろうか？」

「ジェームズ・サットン様ですか？　ここにはよくいらっしゃいますよ」

「そうなのかい？　彼はもう結婚して、六人の子持ちなのかと思ってたよ」ジョニーはぱちんと指を鳴らした。「ジムとおれは、一緒に楽しくやってたんだ。彼にはおれも大好きだったいとこがいてね。いとこのほうは、どうしてるのかな？」

給仕長は、静かに咳払いした。「カーマイケル様ですか？　残念なことに――」

「いや、ジェスのことじゃないんだ。ジェスに何があったかは、新聞で読んだよ。ひどい事件だし、こんな風に言うのはなんだが、おれはジェスのことは、あまり好きじゃなかったんだ。おれが言ってるのは、ジムのもう一人のいとこのことさ。レス・スミスソンっていう、すばらしい男がいただろ」

「スミスソン様、ですか？　スミスソン様のことは、あまり存じません。むろん、ここには時々お見えになっていましたが、そのころ私はまだボーイ長でしたので、よく知っていたわけでもないのです。ですが、スミスソン様とサットン様が、仲のいい友達のようだったことは覚えていますね。いとこというよりは、ですが」

「ああ、もちろんだ」ジョニーはゆったりと言った。「きみの言うことはわかるよ。おれにもヒューストンにいとこがいるんだ。喧嘩ばかりしてたが、それでもやつとは親友だった。二年ぐらい前に、派手な口論をやらかしてね——お決まりの大喧嘩になった。ところが翌週、やつが新しく農場を始めることになり、少しばかり金が入り用になった。やつが誰のところへ来たと思う？　当然、おれのところだよ。おまけに、おれはやつを手助けして、めでたしめでたしってわけだ」

給仕長は、ほとんど恍惚となっていた。「ええ、ええ、そうでしょうとも。スミスソン様とサットン様も、時々口論はしていましたが、結局はいとこ同士でいらっしゃいました」

「本当に、レスやジムと昔話ができたらと思うよ。レスやジムが近くにいないのなら、二人が親しくしていた、友達でもいいんだが」

「サットン様はこの街にいらっしゃいますが、スミスソン様は……」給仕長は口ごもった。「数年前に、姿を消されたらしいんです。何があったのか、誰もご存じないようで」

「たぶん、ヨーロッパにでも行ったんじゃないか？　あちこち旅行したいといつも言ってたからな」

「おそらく今は、そっちに永住なさっているのでしょう」給仕長は言った。「スミスソン様の噂は、ここ数年聞いていません。ええと、私が思うに……」給仕長の目がジョニーを通り過ぎ、壁ぎわのテーブルへ向けられた。「ウィールライト様がいらしていますね。スミスソン様とは、とても仲のいいご友人でした」

ジョニーは半分向きを変え、給仕長の視線を追って、三十代なかばの丸々と太った男に目をやった。しかしその目はほとんど男の上でとまることなく、すぐさま男の連れに向けられた。ジェス・カーマイケルの婚約者であり、前の晩、マナセットのカーマイケル屋敷に押しかけた時、少しだけ顔をあわせた、ヘルタ・コルストンだった。

給仕長は続けて言った。「ウィールライト様に、ご紹介することもできますよ――先方がいいと言えば、ですが」

「おかまいなく」ジョニーは言った。「彼と一緒にいる子を知ってるからね。ありがとう、きみ」ジョニーは椅子を押しやって立ちあがると、ウィールライトとヘルタ・コルストンのテーブルへ向かった。

「ミス・コルストン!」ジョニーはテーブルに近づきながら、熱心に言った。

ヘルタはすぐにジョニーを見わけた。「昨夜、ジェスお義父様のところで会った人ね」

「そのとおり」ジョニーは椅子を引いて腰をおろし、二人と向かいあった。

「ジェスお義父様があなたのことを、こう言っていたわ」ヘルタは中途半端な笑みを浮かべた。「――とんでもない男だと。今のせりふはそっくりあの人の言葉どおりよ」

ジョニーはくすくす笑った。「ミスター・ウィールライト、ジョニー・フレッチャーだ」

ウィールライトはジョニーを冷ややかに一瞥し、言った。「初めまして」

「あんたがレスター・スミスソンの、友達だと聞いたんだが」

「それで?」

「彼について、二、三、聞かせてもらいたいんだ。最後に彼の姿を見たのは、正確にはいつだい?」

ウィールライトはヘルタ・コルストンを見た。「この男はいったい誰なんだ?」

「私が知りたいわ」ヘルタはジョニーに微笑みかけた。「彼の質問に答えてあげて」

った。


「それで、ジョニー・フレッチャーがどこの誰なのかは、教えてもらえるのかね?」

「ジョニー・フレッチャーのことは、誰でも知ってると思ってたんだがな」ジョニーはほがらかに言った。

「いいだろう」ウィールライトは言った。「ぼくらはきみを知っている。きみの名前はフレッチャーだ。さてそこで、きみがはたして何者なのかを教えてほしいものだな」

「ジェスお義父様も、昨夜それで悩んでいたわ」ヘルタが明るく言った。

「いや、ミスター・カーマイケルはもうそのことで悩んではいないよ。今朝も顔をあわせたんだが、今おれは、ミスター・カーマイケルのために働いているんだ」ジョニーは唇をすぼめ、ウィールライトをまっすぐに見た。「ミスター・カーマイケルのために、内々の調査をしているんだよ」

「探偵なのか?」

「正確には違うんだが」ジョニーはつぶやいた。

「わかった」ウィールライトは思案しながら言った。「ジェス殺しを調査しているんだな」

「いいや」ジョニーはそっけなく言った。「レスター・スミスソンの失踪について調べているんだ」

ウィールライトはしばらくジョニーを見つめ、それからすばやくヘルタを見やった。

ヘルタは一瞬、息をつめてから、叫んだ。「あなたはレスターが……」

「ジェスを殺したと?」ウィールライトが後を引き取った。

「あんたはどう思うんだ?」ジョニーはたずね、ウィールライトを見た。

ウィールライトはジョニーを見つめていたが、やがてゆっくり頭を振った。「ずっと昔のことだ。

だが……」ウィールライトは言葉を切った。その瞳の中で疑念がふくれあがる。「ジェスとレスターが、反目しあっていたのは事実だ」

「最後にレスター・スミスソンを見たのは、正確にはいつだい?」ジョニーはたずねた。

「ああ、もうかれこれ十一年、いや十二年も前のことだよ。そうだ、確か、ジェスがレスターの顔に、コーヒーを浴びせた日だったな。レスターがその話をしてくれた」

「ということは、あんたはハノーバー・クラブでの昼食の後で、ジェスに会ったんだな?」

「おや、クラブでの一件を知っているのかい? ああ、ぼくはその晩、レスターに会ったんだ。ぼくのところへふらりとやってきて、その話をしていったよ。レスターは」ウィールライトはしゃべるのをやめ、それから言葉を続けた。「レスターは、ジェスともう一生口をきかないと言っていた」

「レスターに会ったのは、それが最後なんだな?」

「そうだ」

「レスターから連絡があったことは?」

「まったくない。しばらくはいろいろ噂が流れたが、それからは、どこかで……何かあったんじゃないかと思うようになった。生きているかもしれないとさえ言われなくなってから、何年もたつよ。レスターは、ひきこもるようなタイプの男じゃなかったからな。自分のしてることを、気に入ってるようだったし」

「正確には何をしていたんだい——姿を消す前には?」

「ああ、伯父さんと一緒に、何か仕事をしていたようだよ。ミスター・カーマイケルが、話してくれるんじゃないかな。いや、そうでもないか。考えてみると、そういう種類の仕事だったかもしれない。

レスターの伯父さんは、会社の社長だからな」

「つまり、レスターは副社長だったと?」

「いやいや、レスターに肩書はなかったよ。ついでに言えば、ジェスにもね」

「ということは、ジェスも働いていたのか?」

「しばらくはね。ハノーバーを卒業した直後は。彼の父親は、ジェスも仕事に参加すべきだと思ってたようだが、ジェスはあのころも、仕事に身を入れているようには見えなかったな……」ウィールライトはヘルタを見た。「すまない、ヘルタ」

「いいのよ、ドン。ジェスにおかしな幻想は持ってないわ。私は——女の子たちはみんなそう思っていたのかもしれないけど——私ならジェスを更生させることができると思っていた。でも、彼がただの遊び人にすぎなかったことも、よくわかってるわ」ヘルタはテーブルに目を落とした。

ジョニーはレスター・スミスソンに話題を戻した。「レスター・スミスソンは、経済的には安定していたのか?」

「レスターは働く必要があった。母親が技師か何かと結婚して、わずかな保険金しか残してもらえなかったからな」

「サットンの母親は、もっと恵まれた結婚をしたのか?」

サットンの名前が出たのは初めてだったので、ウィールライトは眉をひそめた。「サットンは株式市場で、一財産作ってたと思う」

「サットンとは、そう何度も会ったことがないのかい?」

「いや、しょっちゅう顔をあわせていたよ」

「でもあんたは、レスター・スミスソンほどは、サットンと仲が良くはなかったわけだ」

「ぼくも働いているからね。広告業界で。現に今だって昼食を食べて、事務所に戻ろうとしてるところだし」ウィールライトは近くをうろついていた、ウエイターに合図した。

「サンドイッチをお相伴しよう」ジョニーは言った。「きみ、うまいホットドッグはあるかね」

「なんですって？」

「ホットドッグだよ。フランクフルト――ウインナーソーセージ！」

ウエイターは冷ややかにジョニーを見やった。「それはどんなものでできているので？」

「肉だ」ジョニーはぴしゃりと言った。「肉と――いや、やっぱりもういい。コンビーフをのせたライ麦パンを頼むよ。何もつけず――マヨネーズもなしで」

「本日は燻製ビーフをのせたトーストがおすすめでございます、お客様」ウエイターは提案した。

「もしくは、ロブスターのニューバーグ風と、ボー・ジェスター特製ドレッシングをかけた、サラダはいかがでございますか？」

「げっ！」ジョニーは身震いした。「なあ――ごく普通の、ライ麦パンのコンビーフサンドはできないのかい？」

「あいにくですが、お客様。それに一番近いのは、スイスチーズのサンドイッチに――」

「よけいな飾りはつけなくていい。そのスイスチーズサンドを頼むよ――チーズとパンだけの、ごく普通のスイスチーズサンドイッチ。間違ってもマヨネーズはなしだ。忘れずに、注文票に書いておいてくれよ――マヨネーズは厳禁！」

「マヨネーズがお嫌いみたいね」ヘルタ・コルストンが皮肉っぽく言った。

「ああ、気分が悪くなるね」ジョニーは言った。「マヨネーズという代物にはまったく我慢できない。前にレストランで調査したことがあるんだが。その結果、百人中八十三人が、マヨネーズを忌み嫌ってることがわかったんだ。特に気にしていないが十四人、あれを好きだと言ったのは、たったの三人。なのにおれは、絶望的な戦いを続けるはめになっているんだ。国じゅうのくそ——いや失礼、三流似非レストランや、カフェ、ホットドッグの売店が、あれをサンドイッチにべたべた塗りたくっているんだからな。マヨネーズのセールスマンは、国一番のやり手ぞろいに違いない。まったく、マヨネーズやキャラウェーや、ケシの実を売ってるやつらときたら……」

ウィールライトがウエイターに言った。「チキンの薄切りサンドイッチに、マヨネーズをつけて！」

「百人のうちの三人が、ここにいた！」ジョニーはうめいた。

ヘルタが笑って言った。「私は三人のうちの一人じゃないわよ。私もマヨネーズは好きじゃないもの」

ヘルタはサラダを注文した。

ウエイターが行ってしまうと、ジョニーはヘルタ・コルストンに言った。「昨日よりも前から、アリス・カミングスのことを知っていたのかい？」

ヘルタは色を失い、身を震わせたように見えた。ドン・ウィールライトが怒った声をあげる。「フレッチャー、ヘルタにそんな質問をするとは、卑劣すぎるぞ」

「そうかもな」ジョニーは認めた。「しかし、警察も同じ質問をするだろう。まだ聞かれていなければの話だが」

「今朝、聞かれたわ——七時から九時の間に。あの人たちは、山ほど質問を浴びせてきたわ。特に私が……ジェスを殺したんじゃないかとか、そういったことをね」

「それできみは、警察にアリス・カミングスのことをどう答えた？」

「彼女のことは知ってると答えたわ。それどころか、会ったこともあるってね。マキシーンだのメイヴィスだの、マデリーンだのという女のことも、チャセップのたばこ売り娘や、四人のコーラスガールのことも、みんな知ってるって」ヘルタは相変わらず青ざめたままだったが、それでもジョニーをしっかりと見て言った。「ジェスが自分で話してくれたこともあるし、それからその――ゴシップ記事で知った相手もいるわ。私は――それでもジェスと結婚するつもりだった」

「ジェスを変えることができると思っていたから？」

「ジェスを愛していたからよ」

「実に立派な理由だな」ジョニーは言った。

「まだ何か質問があるのか？」ウィールライトが荒々しく言う。

ウエイターが、食べ物をのせた大きな盆を持ってやってきて、ジョニーの前にサンドイッチを置いた。パンは三角形四つと、細長いくさび形一つにきれいに切り分けられていた。ジョニーはパンの一つを持ちあげた。

「マヨネーズ！」ジョニーはわめいた。「言っただろ。マヨネーズはなし。何があろうとマヨネーズはなしだと！」

「申し訳ありません、お客様」ウエイターは言った。「注文票に書いたのですが。マヨネーズはなしと」

「持って帰れ」ジョニーは叫んだ。「そして新品のサンドイッチをよこせ。コックがパンやチーズからマヨネーズをそぎ落としても、おれにはわかるからな。新しいチーズに、新しいパンだ。いいな？

紙に書くんじゃなく、コックに直接言っておけ……」

第十五章

二時を数分すぎたころ、ジョニーはハノーバー・クラブのドアマンと向かいあっていた。ハノーバー・クラブのドアマンにふさわしく、ドアマンは文法的に完璧な英語を、なめらかに話した。「どなたにご用でしょうか?」

ジョニーは大げさなくらいの注意を払ってまわりを見まわしてから、低い声で言った。「おれはミスター・ジェス・カーマイケルに雇われた調査員なんだ」

ドアマンは心配そうな顔をした。「調査をなさるのなら、どうか慎重にお願いいたします」

ジョニーは静かな威厳に満ちた声で言った。「ミスター・カーマイケルがその辺の私立探偵じゃなく、おれを雇ったのは、まさにそのためなんだよ、きみ。慎重な内々の調査は、おれの十八番(おはこ)だからね。調査を誰かに知られるなんてことは、誓って、絶対にない」

「ありがとうございます、感謝いたします。調査が必要なのは理解しておりますが、しかしなんといっても、ここはハノーバー・クラブでございますし、会員の皆様が……」ドアマンはゆっくりと、満足げなため息をついた。

「支配人にお会いしたいのだが」

「ミスター・ウィットルジーでございます。このドアを入り、ベルボーイのいるデスクを通り過ぎた先の、右のドアです」

ジョニーはクラブに入り、ベルボーイのデスクを通り過ぎると、オーク材のドアを控えめにノックした。ボーイ長が質問しようと口を開いたが、その時ジョニーに続いて中に入ってきたドアマンと目があった。ドアマンは唇に指をあて、穏やかにうなずいた。

ボーイ長は言った。「お客様、ミスター・ウィットルジーはビリヤードルームです。お待ちになるのでしたら……」

「自分で見つけるよ、ありがとう」ジョニーは言った。

ジョニーは洗面所のそばを抜け、大きなバー兼図書閲覧室に入っていった。一ダースかそこらの客が革の椅子に腰かけ、『ウォール・ストリート・ジャーナル』を読んでおり、年季の入ったハノーバー・クラブ会員二人がチェスをしていた。

粋な格好をした若手の会員の一団が、テーブルのまわりに集まり、一ゲーム十セントでインディアンダイス（ダイスゲームの一種）をしている。そのかしましさは節度あるものだったが、『ウォール・ストリート・ジャーナル』を読む者の中には、いらだたしげに彼らを見やるものもいた。

ジョニーは進み続け、広々としたダイニングルームに入った。昼食前のカクテルを必要なだけ飲んだ会員が、食事をしながら、くだけた調子で会話している。

片手にタラの燻製の皿を持ち、もう一方に大きなコーヒーカップを持った会員が、皿とカップをセルフサービスのカウンターから、テーブルに運ぼうとしていた。

ジョニーはその男の肩を叩いて言った。

「ビリヤードルームがどこにあるか、教えてもらえないか？」

「いつもと同じ場所だよ、きみ」

「それはどこだ？」

「二階だよ。なあ、ぼくたちは同年代だし、ぼくはきみを知っていてしかるべきなんだろうが、もしそうだったら首をやるよ。ぼくは三十三歳組のゲートリーだ」

「おれはきみよりずっと若い」ジョニーは言った。「きっとおれがやってる仕事のせいだろうな——早く老けるんだ」

「どんな仕事をしているんだい、きみ？」

「本だよ」

男は驚いた顔をした。「ぼくも本に関する仕事をしているんだがね——ゲートリー＆ウェイクリーだ」

「申し訳ない。できたら、このことは忘れてくれないか」

ジョニーは親しげに男の肩に手を置くと、踵を返し、ダイニングルームを出た。二階に続く階段を見つけ、上にのぼる。

象牙の手球（ボール）がかちかちとぶつかる音が、ジョニーをビリヤードルームへ導いた。部屋には半ダースのビリヤードとポケットビリヤードの台があり、三つか四つが使われていた。手球をトライアングルラックに並べていた制服の従業員が顔をあげると、ジョニーは指を曲げて合図した。従業員がよってくると、ジョニーは言った。

「ミスター・ウィットルジーはいるかい？」

従業員は向きを変え、ダークグレイのスーツを着た、銀髪の男に向かってうなずいてみせた。男はビリヤードをしている二人の会員と、談笑していた。

「ミスター・ウィットルジーはあちらです」

ジョニーはビリヤードテーブルに歩みよった。「ミスター・ウィットルジー、少しお話ししたいんだが」

クラブの支配人は、ていねいだが驚いた様子でジョニーを見た。「その、あなたのことは存じあげませんが」

「そうだろうね」ジョニーは頭を傾け、支配人に脇へ来るよう促した。ウィットルジーはジョニーの後について、耳ざとい者にも何も聞こえないような場所まで移動した。

「おれの名前はフレッチャー」ジョニーは言った。「オールド・ジェス・カーマイケルから、調査を頼まれているんだ」

ウィットルジー氏の顔が、恐怖でゆがんだ。「調査ですって――このハノーバー・クラブで？　そんなおそろしいことが！」

「そんなに悲惨なことにはならないよ。調査はそつなく慎重にやることもできるが……まあ、場合によっては……ちょっと不愉快なことになるかもしれない。あんたがどれだけ協力してくれるかに、かかってる」

小さな震えが、ウィットルジー氏の全身をつらぬいた。ウィットルジーは、部屋のずっと向こうに目をやった。その視線を追ったジョニーは、いささかぎくりとするのをおさえた。一番遠くの台で、ジェームズ・サットンがずんぐりむっくりの男と一緒に、ビリヤードをしていた。しかしサットンは、ジョニーには気づいていなかった。

「な、何をお知りになりたいのですか?」

「レスター・スミスソンについて、あんたが教えられることすべて」

「スミスソン様ですって!　しかし、あのかたは亡くなりました――何年も前に」

「そうなのかい?」

「もちろんです。誰もが知っていることです。調査とおっしゃるから、その、私はてっきり……」ウィットルジーはためらった。

「ジェス・カーマイケル三世の件だと思ったんだな?」ジョニーは頭を振った。「いや、おれが調べているのは、レスター・スミスソンだ。彼を探し出そうとしているんだよ」

「おやおや」ウィットルジーはささやいた。「これは驚いた。あなたはスミスソン様が、亡くなっていないとおっしゃるんですか?」

「わからないな。死んでいるのかもしれない。しかしおれは、それを確認しようとしているんだ。スミスソンが死んでいるのなら、はっきりと否定しようのない証拠がほしい。生きているのなら、まあその、ミスター・カーマイケルが、彼を見つけてほしがっているんだ。相続人がいなくなってしまったからね……」

ウィットルジーの目が、再び部屋の向こう側に向けられた。

ジョニーは言った。「ああ、ミスター・サットンも相続人の一人だがね」

「では、サットン様をご存じなのですね」

「ああ。それに、ミスター・サットンも調査のことは知っているよ。というか、オールド・ジェス・カーマイケルに調査を提案したのは、彼なんだ」

「わかりました。それで、何をお知りになりたいのですか？　いや、私の執務室に行ったほうがいいでしょう」

ジョニーは同意し、二人はロビーのすぐ内側にある支配人室に場所をうつした。部屋に入ると、ウィットルジー氏は言った。「スミスソン様のことは、あまりよく知らないんです。若手の人たちの一人で、ハノーバー・クラブの中では、ほんの新参でした。それに、若者がどういうものかは、ご存じでしょう。元気盛んというか、なんというか。もちろん、ハノーバー・クラブの人たちは、お酒の飲みかたも心得ていらっしゃいますが、それでもあの年ごろでは……」ウィットルジー氏は鷹揚な笑みを浮かべた。「いくらかは大目に見ないといけません」

「スミスソンは、飲みすぎるほうだったのかい？」ジョニーはたずねた。

「いえいえ、そういうつもりで言ったわけではありません。そんなことは、まったくありませんでした。スミスソン様がここに住んでいた時には――」

「このクラブに住んでたのか？」

「ご存じだと思っていましたが」

「ちょっと確かめただけだ。ミスター・スミスソンがいなくなった――いや、出て行った時、部屋を明け渡していったのかい？」

「いいえ、違います。居住者のかたには、短期間でも部屋をあける時には、知らせてくれるようお願いしているのですが、スミスソン様はそれをしませんでした。しばらく部屋をそのままにしておきましたが、その後、所持品を運び出しました」

「なるほど」ジョニーは言った。「そのことについて聞きたいんだが。所持品を外に出したのは誰だ？」

「私どものボーイの一人です。当然、作業は私が監督しました」

「結構。では、ちょっと考えてみてほしいんだが。その時、どう感じた？　つまり、ミスター・スミスソンは何か持っていったんだろうか――服とか、私物とかを？」

「考えるまでもありません。その時、かなり驚いたのを、はっきり覚えていますから。まさしく、夜の間に外出して、まだ戻っていないような雰囲気でした。服は、私が見たかぎりでは、すべて部屋にありました。もちろん、あのかたが着ていたものは別ですが。ひげそりの道具どころか、歯ブラシも部屋にそのままでした。特別製の飾りボタン、高価な煙草入れやネクタイピン、一つ二つの指輪、ハノーバー・クラブの等級リングさえ、置きっぱなしです。証拠はすっかりそろっています。スミスソン様は、自分の意志で姿を消したのではありません。何かあったに決まっています」

「ミスター・ウィットルジー、次の質問には、深く考えずに答えてほしい。ここ数年の間に、あんたはこの件について、仮説を組み立てたはずだ。それを思ったまま、聞かせてほしい。十二年前、このクラブを出て行ったミスター・スミスソンに、何があったと思う？」

　ウィットルジー氏は、ジョニーの質問にきちんと答えなかった。彼はためらい、頭を振った。「自信を持って言えるのは、何かあったということだけです。事故にでもまきこまれたか、あるいは――記憶喪失になったか」

「記憶喪失？」

「そんな可能性もあると言ったまでです」

「スミスソンがジェスとのいさかいで――感情を乱していたから？」

「いえ、そんなつもりではありませんでした」

「なら、ミスター・スミスソンが、殺されたのかもしれないとまで、言うつもりはないんだな」

ウィットルジー氏は、恐怖の叫び声をあげた。「そんな馬鹿な……殺人だなんて！」

「しかし、ヤング・ジェス・カーマイケルは、昨日殺された。あんたもそれは認めるだろう？」

「まあ、新聞では――」

「新聞だけじゃない。警察も同じことを言っている。ジェス・カーマイケルが殺されたのは、火を見るより明らかだ」

ウィットルジー氏は不満げな顔をした。「カーマイケル様は、その、スミスソン様とはまったく違いますし」

「ためしにこんな仮説を立ててみるとしよう、ミスター・ウィットルジー。ジェス・カーマイケルといとこが、犬猿の仲だったのはあんたも認めるだろう？」

「若者同士ですし、カーマイケル様はいささか、短気すぎるところがありました」

「そう、そんなこんなでスミスソンは姿を消し、隠れて時期を――機会がめぐってくるのを待った。そして、やっとのことで機会を見つけ――ジェス・カーマイケルを殺した！」

「十二年も待ったとおっしゃるのですか？」

「十二年もたっていれば、スミスソンを疑う者などいない。もう一、二年待ってから姿をあらわし、ベルギー領コンゴでゴリラを狩っていたとか、ウランを掘っていたとか言えばいい。あるいは、この十二年の間、記憶喪失になり、ふいに記憶が戻って気がついたら――カーマイケル食料品店で売り子をやっていた、と言うことだってできるだろう」

「申し訳ありませんが、ちょっと信じがたいですね」

「なら、こういうのはどうだい。スミスソンは、姿を消した日にジェスと喧嘩をし、その日のうちに、ドン・ウィールライトにその話をしている。スミスソンは怒りのあまりすっかり逆上し、ジェスと白黒をつけにいった。二人は決着をつけ、スミスソンは行方不明になった」ジョニーは意味ありげに間を置いた。「つまり、ジェスがスミスソンを殺した！」

「まさか、そんな！」ウィットルジー氏は、仰天して叫んだ。

ジョニーは肩をすくめた。「選択肢をやったのに、どっちも気に入らないとは。なら、あんたの仮説を聞かせてほしいんだが」

「それはお話ししたはずです」

「あれじゃあ、おれが気に入らない。ジェスの死についても、考えなくちゃならないしな」

「そのことなら」ウィットルジー氏は、ぎこちなく言った。「答えは明らかじゃありませんか。カーマイケル様は――女性と親密だったのでしょう。なんというか、評判の悪い女性と？」

「ああ、そのとおり。しかし、ジェスが撃たれた時、彼女は部屋にいなかった」

「その女性がそう言っているだけでしょう」

「隣人の一人が、銃声を聞いているんだ。彼女が部屋を出て、数分後のことだ」

ウィットルジー氏は口ごもった。「その女性が部屋を出た後で、誰かが入ってきたのかもしれません」

「そう、誰かがね。問題は――それが何者なのかということだ」

「ええ、確かに」支配人は言い、たじろいだ。「別の疑問に――戻ってしまいましたね」

「おれはいつも、ここに戻ってしまうんだよ」ジョニーは言った。「考えるたびに、ここに戻る。むろん、いずれにしろ、うら若い女性であるミス・カミングスが、ジェス以外の男友達をまきこんだ可能性もあるんだが」

「それですよ！」ウィットルジー氏は熱心に叫んだ。

「例えば、ハリー・フラナガンという男とか？」

「フラナガン？　その名前には覚えがありません」

「ろくでなしの不良で――おそらくはジゴロだ」

「ああ、なるほど！」

「金づるを取られるのがこわかったのか、もしくは嫉妬したのか――彼のような男が嫉妬するならだがね」

「警察は――そのフラナガンという男を、知っているのですか？」

「いや」

「そんな男がいるんですね？」

「ああ」

「だったら」支配人はきっぱりと言った。「その男のことを、警察に知らせるべきです。明らかに、一番ありそうな線じゃありませんか」

「一つだけ不都合なことがある」ジョニーは頑固に言った。「おれは、ジェス・カーマイケル三世を殺した犯人をつきとめるために、雇われたわけじゃない。おれの仕事はレスター・スミスソンを見つけること――スミスソンが死んでいるなら、何があったのか明らかにすることだから」

「残念ですが、知っていることはすべてお話ししました」

「まだ、一つ二つ、ささいな疑問がある。あんたは、若いスミスソンは時々、ちょっと軽率になることもあったと、ほのめかしていただろう？　ウイスキーやら何やらのせいで。スミスソンは、つまり、ここで酔っぱらうこともあったということか？」

「いやいや、私は何もほのめかしたつもりはありません。ただ――確か一度か二度、ここの、ええと、会員のかたたちが、スミスソン様がなんというか、ちょっと騒がしいとおっしゃったことがありまして」

「それで、行儀よくするよう言ったのかい？」

「まあ、そんなようなことを」

「スミスソンだけのせいで？　彼は一人で騒いでいたのか？」

「お客様！」ウィットルジー氏は大声をあげた。「スミスソン様が部屋に友達を――女性を連れこんでいたとおっしゃるつもりじゃないでしょうね？」

ジョニーは問いかけるように、支配人を見た。

「当クラブでは、そんなことを許してはおりません！　女性が店の入り口を通ったことは一度もありません――少なくともロビーや、場合によっては図書閲覧室までで、そこから先へ進むことはありません。女性の出入りには、特に気をつかっていますから」

第十六章

後ろ手に縛られたまま、サムは丸太小屋のソファーでだらけていた。シドは向かいの椅子に座ってしばらくサムを見張っていたが、そのうちに退屈し、立ちあがって部屋を歩きまわり始めた。シドはキッチンに入り、サムは冷蔵庫のドアが開閉する音を聞いた。それから軽い金属音と、ビールをグラスに注ぐ音が聞こえた。

サムは歯噛みをし、両手首をがっちりと拘束しているロープをぐいと強くねじった。ロープは少しゆるみ、いくらか自由がきくようになったが、まだ真新しい洗濯ロープはとても頑丈だった。サムの顔に汗がふき出した。

シドがビールのグラスを持って、また部屋に入ってきて言った。「乾杯だ、でぶっちょ！」

サムは体の力を抜き、答えなかった。シドは意地悪そうに笑った。「どうした、でぶっちょ？　猫に舌を抜かれたのか？」

「レオナルドは、一人でジョニーをつかまえられるほど、でかくはないだろ」サムは言った。

「手伝うやつがいるんだろうよ」

「誰だ？」

「教えると思うのか」

「教えたからどうだってんだ？　おれはここにいて、手助けできないんだぜ」

「この仕事のスポンサーは、そいつの名前を知られたくはないだろうよ。何があってもな」

「一つだけ、すぐに教えてやれることがあるぜ」サムは言った。「おまえらのボスは、いざコインを手に入れたら、さぞかしがっかりするだろうってことだ。思ったほど儲からなくってよ」

「そいつはボスの問題だ」

「おれたちは昨日の夜、レアもののコインの店で、コインを売ろうとしたんだ。店主は倍の値段しかつけなかった」

「そうか、だがコインの種類は？」

「一セントにつき、二セント、十セントにつき、二十セント、二十五セントにつき五十セント。全部あわせても、十三ドルかそこらにしかならなかったぜ。おまえらのボスが儲けから手間賃を払うつもりなら、おまえらははした金でこき使われてるな」

シドは眉をよせた。「おれたちはもう、それ以上もらってる。すでに五十ドル受け取ってるからな」

「めいめいにか？」

「二人それぞれにだ。後でもう百ドル、もらえることになってる」

「くされボスが大金を手に入れたら、だろう」

「そうでなくてもだ」シドはとげとげしく言った。「おまえには関係ねえ」

「そうかよ――だったら解放してくれ」

シドはうなるような声をあげた。「おとなしく座ってろ、でぶ」

シドはキッチンに戻っていき、サムは再び冷蔵庫のドアが開く音を聞いた。サムは立ちあがると、なかば身をかがめるようにして、大きく息を吸いこんだ。それから、怪力を全力でふりしぼり、強くゆっくりと手首をひねった。

ロープが肌や肉に深く食いこみ、腕から肩に痛みがはしったが、サムはあきらめなかった。半インチ、一インチ――そしてついに、ロープがはじけた！

サムの両手は自由になったが、サムは痛みときつい運動のせいで、息を切らしていた。サムはもつれたロープの端をつかみ取ると背後に隠し、またソファーに腰をおろした。

シドが新しいビールのグラスを持って入ってきた。シドは激しく息をついているサムを、疑わしげに見た。

サムは言った。「そのビールのグラス、おれがもらってやってもいいぜ。ここは暑いんだ」

「そのうちもっと暑くなる」

「そんなに長居するわけにも、いかないんでな」サムは言い、腰を浮かしかけた。

「座ってろ、でぶ！」シドが叫ぶ。

「でぶ呼ばわりはやめろと、言ったはずだ」

サムは立ちあがると、両手を前に出した。シドは仰天し、息をのんだ。ビールのグラスが指からすべり落ち、かたい木の床にあたって粉々になる。シドは右手をすばやく上着のポケットにのばした。

サムはシドに向かって突進し、ポケットに入る寸前でその手をつかむと、ねじりあげた。シドはソウ・ミル・リバー・パークウェイじゅうに聞こえるような、苦痛の叫び声をあげた。

「おれがでぶだと？」サムはうなり、右手をあげて握りしめると、鈍(のろ)いと言ってもいいようなゆったりした動きで、シドの左の横っ面を殴りつけた。その無造作な一撃で、シドはサムの手元から六フィート向こうへ吹き飛んだ。

シドは気を失い、床の上で体を震わせていた。サムはシドに歩みよると、かがんでシドのポケットからリボルバーを取った。「今日集めた銃を売れば、ジョニーもおれも金持ちになれるな」

サムはシドの上着の前をつかみ、ぐいと引っぱって立たせると、なかば引きずるようにして、ソファーまで歩かせた。シドはぐるぐると目をまわしていた。

サムはシドを軽く平手で叩いたが、それでもシドの顔にはサムの指のあとがついた。「おまえにこの仕事をもちかけたのは、誰だ?」サムはたずねた。

シドは気がついたものの、うまくしゃべれないようだった。シドは口を開き、閉じ、また開いた。

サムはシドが頭を傾かせてくらくらしないよう、左手でシドを叩いた。

「聞いてるんだがな」

「ハ、ハ、ハリー・フ、フラナガンだ」シドはあえいだ。

「ハリー・フラナガンって誰だ?」

「おれの――知り合いの男ってだけだ」

その時サムは、今朝その名前を聞いたことを思い出した。エディー・ミラーが言っていた男。一人で〈四十五丁目ホテル〉にやってきたという、アリス・カミングスの友人だ。

サムはリボルバーをポケットに入れた。部屋を見まわしてうなずくと、ドアへ向かう。それからシドのほうを振り返り、言った。

「それじゃあな!」

サムはドアを開け、外に出た。

サムは表の轍だらけの道を歩き始めた。サムを連れてきたタクシーが、この道で揺れたりはねたりしていたのは、数分間のことだった。サムにしてみれば、そう遠くまで走ったとも思えなかったが、三十分たってもサムはまだ未舗装の道から出ることができず、足を引きずり始めた。サムの靴は窮屈で、サムは長いこと歩くのには慣れていなかった。しかし、さらに十分も歩くと、ついに大通りに出た。車が両車線を猛スピードで走っている。サムはニューヨーク行きの車線に行き、親指を立てた。

一ダースの車が走り過ぎ、さらにもう一ダースが行ってしまうと、サムは躍起になった。今朝の朝食は貧弱で、今は昼時か、もっと遅いに違いなかった。腹の虫がうるさく騒ぎ、空腹でふらふらする。おまけに足もひどく痛んだ。

ブレーキが鋭い音をたて、一九三七年式のシボレーがサムのそばで止まった。「ちょっとそこまで行くだけだが」運転手は言った。「乗りたけりゃ乗れよ」

「ありがとよ。あんたは命の恩人だ」サムは叫び、急いで運転手のそばに乗りこんだ。

「ニューヨークまでどのくらいだ？」サムはたずねた。

「はっきりわからないな」運転手は答えた。「あっちには、三、四年行ってないから。けど、ピークスキルならここから目と鼻の先だし、おれはそこへ行こうとしてたんだ。あんたもそれでいいか？」

「もちろんだ！」

小型車は音をたてて疾走し、数分後、大通りから脇道へ入った。大きな丸石で舗装された道をがたがたと進み、店や小さな事務所や、商用ビルが立ち並ぶ通りへと曲がる。

「おろしてほしい場所はあるか？」サムを運んでくれた男は言った。

「何か食えるところがいいな。腹がへりすぎて、剝製のヘラジカだって食っちまいそうだ。ああ――

あそこのホテルなんか、なかなかよさそうだ」ふいに、サムの頭にすばらしい考えがうかんだ。ポケットには一銭もなかったが、とにかく何か食べねばならなかった。

運転手はホテルの前で車を止めた。サムは車をおりると言った。「どうもありがとな、あんた。本当に助かった」

「どういたしまして。人助けはいつだって歓迎だ」

サムは、かなり広いロビーへと入っていった。ロビーに通じるダイニングルームを見て、サムは顔をかがやかせた。男がつまようじで、歯をほじりながら出てきた。

サムはフロントからそう遠くない場所に、革の椅子を見つけた。ベルボーイがロビーを歩いている。表側から入ってきたベルボーイが、ダイニングルームに入っていき、最初のベルボーイはフロント近くの持ち場についた。そのまま五分が過ぎた。ダイニングルームからただよってくるローストビーフの匂いに、サムは今にもよだれをたらしそうだった。

さらに五分が過ぎてから、ベルボーイがフロントに背を向けて言った。「ミスター・ピンクリー。ミスター・ピンクリーはいらっしゃいますか」

サムは立ちあがった。ベルボーイはロビーのほうまで歩いてきてピンクリー氏の名前を呼び、フロントに戻って、もう一度その名を呼んだ。

ピンクリー氏は現れなかった。サムにはそれでじゅうぶんだった。

サムは大股でダイニングルームに入ると、二人用のテーブルに座った。即座にウエイターがやってきた。

「昼食前のカクテルはいかがでございますか？」ウエイターは礼儀正しくたずねた。

「いや、結構だ。この店で、一番でかくて分厚いステーキを頼む。いや、ちょっと待て――やっぱりステーキは、調理に時間がかかりすぎるな。すぐにできる料理はなんだ?」

「牛の(ビーフ)あばら肉に、子牛肉のロースト――」

「ビーフをくれ」サムは叫んだ。「でかいのを二人前な。つけあわせは時間のかからないものを全部。ポテトにたっぷりの肉汁に、とにかくなんでもかんでもだ。大至急頼む」

「かしこまりました」ウエイターはうれしそうに言い、姿を消した。しばらくすると、パンやロールパンを山盛りにした、銀の皿を持って戻ってきた。サムは注文した料理が来るまで、むしゃむしゃ食べ続けた。やがて、食事をひとかけらも残さずたいらげ、肉汁をきれいになめ、三杯目のコーヒーを飲み終えたサムは、満足そうに後ろの椅子にもたれた。

ウエイターが伝票を裏返しにして、サムの前に置いた。サムは伝票を表にし、四ドル三十五セントという金額を見て、にっこりした。「なあ、鉛筆を貸してくれないか」ウエイターはサムに鉛筆を渡し、サムは乱暴に「ミスター・ピンクリー」とサインした。

「部屋番号をどうぞ、お客様」ウエイターが促した。

サムは八二一号室と書き、ポケットの小銭を探すふりをした。「小銭がないようだな。チップもここに、つけといてもらおう」

サムは「チップ一ドル」と書いた。

ウエイターに伝票を渡して言う。「これでいいか?」

ウエイターは伝票を見つめると言った。「少々お待ちを」ウエイターは急ぎ足でロビーに通じるドアへ向かい、サムはぎくりとして立ちあがった。ウエイターが大声で呼ぶのが聞こえてきた。「ミスター・ピンクリー！　ちょっとよろしいですか？」

　サムはひるんだが、あくまで白を切ることに決めた。

　ウエイターが四十代ぐらいの体格のいい男を連れて、戻ってきた。大柄な男は、ウエイターに渡された伝票をにらんでおり、ウエイターは興奮した様子で何かまくしたてていたが、会話の内容までは聞こえなかった。

　サムは二人のところへ行き、「どうしたんだ？」と落ち着いてたずねた。「おれはただ伝票にサインしただけだろう、ではありません！」大柄な男はきっぱりと言った。「ミスター・ピンクリーとサインされましたね？　ピンクリーは、この私です！」

　サムはむせこんだ。「そりゃまた、すごい偶然だなあ。同じ名前の人間二人が、同じホテルに泊まってるなんてよ」

「私はここの泊まり客ではありません」ピンクリー氏は容赦なく言った。「当ホテルの支配人でございます！」

　サムはショックのあまり、よろめいた。大きく息を吸いこみ、右手でひっかくようなしぐさをしてから、弱々しく言う。「いや、そいつは驚いた。ここのホテルの支配人が、おれと同じ名前だなんて。おれはその――ちょっと前にチェックインしたばかりなんだよ」

「おや、そうなんですか？」ピンクリー氏は氷のような声で言った。「八二一号室に？」

「ああ、そうだ。八二一号室だ」

「八階の八二一号室ですね？」

「普通はそうだろ」

「ごもっとも。しかし、一つだけ腑に落ちない点があります——当ホテルに、八階はございません。当ホテルは、四階建てでございますから」

「そんな、嘘だろ！」サムはすっかり打ちのめされて、叫んだ。

ピンクリー氏は手をあげ、指を鳴らし始めた。二人のウエイターが現れ、続いて三人目が、それからベルボーイが現れた。「警察を」ピンクリー氏は命じた。「警察を呼びなさい」

「警察はやめてくれ、頼む」サムは懇願した。「留置場行きなんてごめんだ。腹がへって、我慢できなかったんだよ。さ、皿洗いでもなんでもやるから」

「私のサインを偽造しましたね」ピンクリー氏は冷ややかに言った。「私のサインをまねるなんて、あってはならないことです。絶対に」

ウエイターが哀れなサムを取り囲んだ。指示をくれるジョニー・フレッチャーにそうしろと言われれば、サムはウエイターどころか、支配人もテンピンズのピンのように蹴散らして、逃げることができたに違いない。しかし、リーダーなしでは、サムは解体場に送られる牡牛同然だった。ダイニングルームに二人の警官が入ってきて、サムが手錠をかけられ、パトカーに乗せられるまで、ものの数秒しかかからなかった。

第十七章

内勤の巡査部長が、記録簿の上でペンをかまえた。

「名前は？」

「サム・クラッグ」

「K・r・a・gか？」

「C・r・a・g・gだよ。誰だってそのぐらい知ってるぜ。けどな刑事さん、こいつは全部、誤解なんだ」

「そうだろうな。前科は？」

「前科ってどういうことだよ？」サムは怒ってたずねた。「おれが常習犯に見えるのか？」

「ああ、見えるね。言っておくが、正直に答えたほうがいいぞ。指紋を調べればすぐにわかるし、嘘をついてもためにならん。前科はいくつだ？」

「前科なんかあるか！　留置場に入ったこともねえよ――まあその、ほとんど。別にたいしたことはやっちゃいないし。ただ――」

「ただ、なんだ？」

「ちょっと行き違いがあっただけだ。今のこれだって、誤解もいいところだぜ。ちゃんと説明できる」

巡査部長は、サムを逮捕した二人の警官を見やった。「罪名はなんだ?」

「窃盗と文書偽造です」警官の一人が言った。

「なるほど、たいしたことじゃないな」巡査部長は皮肉っぽく言った。

「ついでにただの馬鹿丸出し男と書いといてくれませんか、巡査部長?」警官の一人がにやにやして言う。

「誰が馬鹿丸出しだ?」サムは抗議した。

「おまえだよ、このまぬけ」警官がやり返す。「でなけりゃ、ホテルのダイニングルームで、伝票に支配人の名前をサインしたあげく、四階までしかないってのに、八百何号室とか書くわけがあるか」

サムはひるんだ。「誰にだって、間違いってもんはある。ジョニーが同じ手を使った時には、うまくいったんだ。何もやばいことには……」サムはしゃべりすぎたことに気づいて口をつぐみ、必死で言った。「囚人が電話を許されるってのは、ほんとか?」

「刑務所内法律家ってやつか」巡査部長は言い、肩をすくめた。「ああ、電話は許されてる。ここに電話機があるから、かけるといい」

サムは電話機に飛びつき、受話器を取った。「ニューヨークを頼む……」

巡査部長は、サムの手から受話器をひったくった。

「えらく遠いな。この電話で、長距離電話はさせられない」

「だが、この街には知り合いなんかいないんだ。唯一の知り合い、というか、世界でただ一人の本物のダチが、ニューヨークにいるんだよ。やつならすぐここに来て、この問題にけりをつけてくれるはずなんだ」

「きっと、郡政執行官か何かだろうな」巡査部長がいやみったらしく言った。「そいつならこの――

「下院議員かもしれませんよ」警官の一人が言った。「いっそ手紙を書いたらどうなんだ？ みんな書いていることだし」

「なあ、刑事さん」サムは巡査部長に言った。「気前のいいところを見せてくれよ。確かに長距離電話だし、おれのポケットには一銭もないが、金ならジョニーが払ってくれるぜ。やつのポケットには、たんまり金があるんだから、急いでこっちへ来て、払ってくれるはずだ。もしかしたら――二ドルぐらい、こっそり手渡してくれるかもしれねえ。あんたらみんなにな」

「賄賂をつかませようとするとは！」巡査部長は叫び、再びペンを取りあげた。「『警官を買収しようと試みる……』」

「違う！」サムはわめいた。「買収なんてしてねえ。もうじゅうぶん悲惨なことになってるんだから、そんなこと書かないでくれよ。おれはただ、ジョニーならおれのつけになってる金を、きれいに清算してくれるって言っただけだ。食事代とか――ホテルのランチ代とか、電話代とかをな」

巡査部長はにやにや笑いをすっかり隠すことができずに言った。「よし、わかった。電話の件はおまえを信じてやろう。まあ、せいぜいうまくやれ。だがいいか、ニューヨークだぞ。ロサンゼルスやシアトルはだめだ」

サムはまた受話器を取りあげ、大急ぎでつないでもらうと応答を待った。ホテルの電話交換手は、八二一号室の電話を鳴らして鳴らして鳴らし続けてから、とうとう言った。「すみません、応答がありません」

「ボーイ長の——エディー・ミラーを出せ！」サムは必死で叫んだ。「だいじな話なんだ」

「ちょっとお待ちを」

散々待たされた後で、エディー・ミラーの声が用心深く言った。「ボーイ長ですが」

「エディー！ サム・クラッグだ。いいか、時間がないんだ。やばいことになってる。今日の朝以降に、ジョニー・フレッチャーを見かけたか？」

「十時ごろから見ていませんね。そのころ戻られて、それから——そういえばあなた、誘拐されたんじゃないんですか？」

「されてねえ。いや、されたが逃げ出した。おれは無事だ。ただな——警察にいるんだよ！」

「警察ですか？ どこの……？」

「わからん。ちょっと待て……」

サムは巡査部長のほうを振り返った。「ここはなんて街だ？」

「ピークスキル」

「ピークスキルだ」サムは電話に向かって言った。「おれはピークスキルの警察にいる。ジョニーが出してくれなきゃ、どうにもならん。ジョニーの力が必要だと伝えてくれ——すぐにだ」

「お見かけしたら、すぐ伝えます」エディーは言った。

「おれがムショ嫌いなのは、ジョニーも知ってるはずだ」サムは言いつのった。「大至急と伝えてくれ」

「わかりました」

サムは電話を切り、安堵のため息をついた。「二時間もすればジョニーが来て、万事うまくいく」

「ああ、そうだろうな」巡査部長が皮肉っぽく言った。「おれとしては、おまえに必要なのは、友達じゃなく弁護士だと思うがね。よし、おまえたち、手錠をはずしてこいつを留置場へ連れていけ」

「ここで待ってちゃ、だめなのか？」サムはたずねた。

「ここをどこだと思ってるんだ、ホテルのロビーか？　いやいや、奥にいい部屋があるぞ。なんとベッドもついてる。もちろん、マットレスなんてものはないが、くたくたに疲れてりゃ、気にもならんさ」

警官の一人が、サムの手首から手錠をはずし、もう一人が手を差し出した。「ネクタイとベルトをよこせ」

「ベルトがなけりゃ困る」サムは言った。「ズボンが落っこっちまう」

「囚人にネクタイとベルトを持たせるわけにはいかん」警官がきっぱりと言った。「規則違反になるからな。首をつるかもしれんし」

「おれは首をつったりしない」

「いいからベルトをよこせ！」

サムはうなり声をあげ、ベルトをはずしたが、ズボンは腰のあたりで止まり、だぶだぶにはならなかった。たまたまどこかでひっかかって、落ちないままだった。サムがネクタイとベルトを渡すと、警官の一人が、サムのポケットを探り始めた。

警官が、無念の叫び声をあげる。「これはなんだ？」

警官は、サムがシドから奪ったリボルバーを取り出した。「なんてこった、こいつをとっつかまえた時、身体検査をしなかったよな」

二人目の警官はたじろいだ。「あんなせこいまねをするやつが、銃を持ってるなんて思うはずないだろ」弁解しながら、警官は巡査部長に銃を渡した。

「おまえたちの手落ちだ」巡査部長は言い、またペンを取りあげた。「『武器を隠し持っている――追記、リボルバー』。おい、おまえ、こいつはサリバン法違反だぞ」

「おれを拉致した男から奪ったんだ」

「拉致だと！」巡査部長は、鼻を鳴らした。「おまえの話は、さっきからどんどんおかしくなっているな。ふうむ、文書偽造、窃盗、警官に賄賂、おまけにサリバン法違反か。よし、何も心配することはないぞ。十五年か二十年は、国がおまえの面倒をみてくれるだろうよ」

「二十年だと！」サムはわめいた。「冗談だろ。頼むよ、刑事さん。そういう悪い冗談はやめてくれ」

警官の一人がサムの腕を取った。「さあ、こっちへ来い」

サムは腕をぐいと引っぱって警官の手から逃れると、巡査部長に懇願した。「留置場なんかに入れないでくれ。ここで待たせてくれよ。ジョニー・フレッチャーが、全部説明してくれるからさ」

「来るんだ」警官が断固として言い、ぎゅっとサムの肘をつかんだ。サムは再び腕を引いて逃げ、ついでに警官の手をぴしゃりと叩いた。

「拘引に抵抗したうえ、警官に暴力をふるったな！」警官が怒鳴り声をあげる。

巡査部長が書き始めた。「『拘引に抵抗し、警官に暴力を――』」

「やめろやめろ、それ以上書かないでくれ」サムは悲鳴をあげた。「行儀よくするから。ほら、行こうぜ」

サムはせかせかと留置場に続くドアに向かって歩き始め、警官二人が後に続いた。

裏には三つの独房があったが、みなふさがっており、サムは仮留置場に入れられた。鉄の簡易ベッド二つがあるだけの、比較的大きめな留置場だった。すでに二人の囚人が入っている。警官の一人が鍵を開けて言った。

「入れ」

サムは中に入った。警官は鍵をかけ、警察署のほうへ戻っていった。

サムはむっつりと、仲間の囚人を見やった。一人は十九か二十ぐらいの若者で、もう一人は、ごましお頭の老人だった。

「何をやったんだね、あんた」老人が愛想よくたずねてきた。

サムは頭を振った。「全部ひどい誤解もいいところなんだ。こんなところに入れられるようなことは、まったくやってねえ」

「なんだよ、誤解なのかい？　おまわりは始終ヘマばかりやらかしてるからな。わしはどうしてつかまったと思う？」

「さあな」

「押しこみ強盗だ」

若者が唇で、湿った耳ざわりな音をたてた。「浮浪罪でぶちこまれたんだろ。ただの老いぼれ浮浪者のくせに」

「むかつく言いぐさだな、小僧」老人は言い返した。「わしは、おまえさんが外から眺めただけの刑務所よりも数多くの、牢屋に入ってきたんだぞ。ジョリエット刑務所、シンシン刑務所、アルカトラズ刑務所でも服役した。わしには犯罪歴ってもんがあるが、おまえの自慢の種はなんだ？　新聞売り場で、小銭をくすねたことぐらいだろう」

「おや、おれかい？　おれはただ、重窃盗、キャデラックリムジン強奪、不法侵入、警官への抵抗をやらかしただけだよ。気に入ったかい、じいさん？」

「ほう？」年寄りの浮浪者は、若者に親指をつきつけた。「この手のちんぴら小僧は、すぐに大風呂敷を広げたがるな。さあ、言ってやれよ、あんたはどうして逮捕されたんだ？」

「文書偽造、重窃盗、サリバン法違反、警官への賄賂、暴力、および抵抗だ」サムは答えた。

若者はきちんと座りなおすと言った。「それを全部やったってのか？　冗談だろ？」

「だといいんだけどな。警察のえらい人に、十五年から二十年もムショに入れられるって言われちまった。そんなのは無理だ。監禁されるなんて、我慢できねえ」

「あんたをここに縛りつけるものなんか、たいしてないんだがね」年寄りの浮浪者は言った。「古いのこぎりか、ちっぽけな金てこでもあれば、すぐにでも出られる。あの古い鉄格子を見てみなよ。半分さびつきかかっているし、コンクリートじゃなく、漆喰か何かに差しこまれてるだろ」

老人は、留置場の奥にある、鉄格子のはまった窓を指さした。サムは窓に歩みより、窓越しにせまい路地を眺めた。鉄格子を調べてみる。コンクリートの土台は古びてぼろぼろになり、年月と風雨が鉄格子を風化させていた。サムは鉄格子の二本をつかみ、はまり具合をためしてみたが、鉄の棒はコンクリートの穴の中でぐらぐらしていた。

サムは目を細め、窓から顔をそむけた。「てこか何かあれば、あの鉄格子をゆるめられるんだが」

「あんたと誰がやるんだ？」若者があざけった。「馬が一頭いたって、鉄格子を引き抜くなんて無理だぜ」

「おれは馬一頭と同じぐらい強い」サムはつつましく言った。

若者は、不快そうに鼻にしわをよせた。「これだから、この手のちんけな牢屋はいやなんだ。どいつもこいつもほらをふいて、自分はこんなすごいことができると、自慢ばかりしやがる。あんたを取り押さえるのに、警官は何人必要だったんだ？」

「二人だ。けど、その気があれば、片手であしらうことはできた」サムは若者が腰かけている、簡易ベッドに目を落とした。重い筒状の鉄でできており、さびたスプリングが入っている。サムは膝をつき、ベッドの足の一本を調べた。

「立てよ」サムは命じた。

「立ちたくないね」若者がとげとげしく言う。

サムは手をのばすと、若者をそっと押した。若者はみごとな宙返りをし、ベッドの向こう側で四つん這いになったまま、目を見開いてサムを見つめた。

ベットの足と本体をつないでいる小さなボルトが、ひどくさびついていた。サムは筒型の足をつかみ、ぐいとねじって本体からはずした。

「なんとまあ！」老人があえいだ。

サムはずかずかと窓に近づいた。二本の鉄格子の間に、筒型のベッドの足を入れ、力をこめて内側の端を押す。

鉄がコンクリートの中で、ぎしぎしときしんだ。逆側に押してみると、鉄格子の一本のゆるくなった穴から、コンクリートのかけらが飛び散るのがわかった。サムは深呼吸をし、今度はかなり力を入れて懸命に、もう一度逆側へ押した。

鉄格子の下側がはずれ、人間一人が通り抜けられるほどの、大きな穴があいた。

サムは振り返り、畏怖の目でこちらを見つめている、囚人仲間を見やった。

「あんたらも出たいのか？」

老人は後ずさった。「わしはいい。二、三日もすれば出られるから、その時、玄関から出るよ」

「おれはあんたと一緒に出る」若者は言い、年寄りの浮浪者に軽蔑の視線を投げた。「能なしの老いぼれは、刑務所にいたほうが身のためさ」

「おれが押しあげてやるよ」サムは申し出た。両手を組みあわせてあぶみのような形にする。若者はサムの手を踏んで窓にあげてもらうと、外に這い出した。

「手を貸してくれ」サムは言い、手を上にあげたが、向こう側からつかむ手はなかった。若者は外に出るなり、一目散に姿を消していた。

サムは小声で毒づきながら背伸びをし、残った二本の鉄格子をつかむと、勢いよく体を引きあげた。穴はサムの体には窮屈きわまりなかったが、息を止めてもがき続け、サムはとうとう脱出した。

サムは立ちあがると、すばやく路地をかけ抜け、脇道へ入った。

第十八章

ジョニー・フレッチャーがハノーバー・クラブから出てくると、縁石のそばにタクシーが止まっていた。「タクシーのご用は?」運転席のレオナルドがたずねた。

「ああ、頼むよ」ジョニーはタクシーのドアを引き開け、一歩中へ入りかけたが、その時、タクシーに乗っている男が目に入った。「おっと!」

「フレッチャー、ちょっと話があるんだが」タクシーの中の男は言った。

ジョニーはすばやくタクシーから後ずさった。「ほかをあたれ、兄弟!」

「乗れ」ハリー・フラナガンが怒鳴った。「金儲けをさせてやる」

「金ならじゅうぶん持ってるさ」ジョニーは言った。

「なら、これはどうだ?」フラナガンの手が、コートの左の折り返しの下に入り、ジョニーは大きく二歩、後ろへさがった。

フラナガンは、さっと三十二口径の自動式拳銃を取り出し、開いたドアに向かってつき出した。

「来いよ、でなけりゃ、こいつをぶちかますぞ」

ジョニーは飛びさがり続け、ハノーバー・クラブのドアマンと衝突しそうになった。

「ぶちかます度胸なんかないだろ!」ジョニーはフラナガンに向かって怒鳴った。

実際、フラナガンにそんな勇気はなかった。ドアマンやクラブから出てきた二、三人の男や、歩行者数人が目に入ったからだ。証人があまりにも多すぎた。加えて、タクシーの運転手であるレオナルドも、四十六丁目での発砲騒ぎにつきあう気はなかった。レオナルドはすでに、ギアをかみあわせ、アクセルを踏みこんでいた。タクシーはマディソン街のほうへ、轟音をたてて走り去った。

ジョニーの近くにいたドアマンが、心配そうに言った。「あの男、銃を持ってたみたいですが。大丈夫ですか?」

「大丈夫、すこぶる元気だ」

ジョニーは頭を振り、急ぎ足で六番街へ向かった。そこは一方通行だったし、タクシーが向かったのは別の方角だったからだ。

六番街と四十六丁目との曲がり角で、ジョニーは足を止め、たいした自信もなく北のほうを見やった。目当ての相手はそちらにいたが、ジョニーはサム・クラッグのことが心配だった。まだ、サムを拉致した者の手がかりも見つかっていない。とはいえ、サムはホテルに伝言を残したかもしれないし、もしかしたら戻ってさえいるかもしれなかった。

ジョニーはため息をつき、四十五丁目に向かって進むと、ホテルのほうへ曲がった。タクシー乗り場にパトカーが止まっていることに気づいたが、パトカーがうろうろしているのはいつものことだった。〈四十五丁目ホテル〉は、系列の小さなバーも持っており、そこの飲み物は比較的まともな値段だった。

ジョニーはホテルに入っていった。入ってすぐのところに制服の警官が立っており、エレベーターの脇にも、もう一人いた。ロビー中央の柱の近くにいたエディー・ミラーが、こっそりとすばやい合図を送ってきた。

おいおい。ジョニーはエレベーターのほうへ歩きながら、歩調をゆるめ、何かを思いついて向きを変えたとでもいうように、ぱちりと指を鳴らすと、通りへ出ようとした。

しかしその瞬間、フロントの後ろの事務所から出てきたピーボディ氏が、ジョニーの姿を見とがめ、大声で言った。「ミスター・フレッチャー！」

エレベーターの脇にいた警官が、色めきたった。「なんだと、おまえが……！」ジョニーは聞こえないふりをしたが、ドアのすぐ内側にいた警官が相棒の合図で、こちらへ突進してきた。二人の警官にはさまれ、ジョニーは足を止めた。

「やあ、きみたち」ジョニーは言った。

背後から警官が近づいてきた。「おまえがフレッチャーか？」

「駐車禁止の場所に、リムジンを止めたかな？」ジョニーは陽気にたずねた。

警官は肩をすくめた。「告発するつもりはない。だが、ここで、ジョニー・フレッチャーの身柄を確保しろと命令されたんでね」

「令状はあるのか？」

「逮捕じゃなく、身柄を確保するだけだと言ってるだろう。逮捕状は必要ない」

「逮捕状もなしにおれが警察に行くと思ってるのなら、とんだ考え違いだ」

フロントの後ろから、ピーボディ氏が出てきて言った。「ミスター・フレッチャー、また逮捕されたんですか？　このところご乱行がすぎますね。あなたのせいで始終、警官が踏みこんでくるなど、もってのほかです。当ホテルの評判に傷がつきます」

「評判？　どんな評判だ？」

マディガン警部補が、勢いよくホテルに飛びこんできた。「ジョニー、サムはいったいどうしたんだ？」

「こっちが知りたいよ」

ピーボディ氏は、警部補を見ると金切り声をあげた。「マディガン警部補、今すぐこの男を連れていってください。ここは絶えず人が出たり入ったりしているんですから、警官にロビーを占領されたら、困ります」

「ジョニー、おまえの部屋に行こう」マディガンは提案した。

「どうしてわざわざ？　逮捕されるんなら、いっそ――」

「今回逮捕されるのは、おまえじゃない。おまえの相棒のクラッグだ」

「サムが！」

マディガン警部補は、さっさとエレベーターに乗りこみ、ジョニーも後に続いた。「サムは警察にいるのか？」ジョニーは鋭くたずねた。

「いや、だから困るんだ。いなけりゃまずいんだからな」

二人は八階でおり、ジョニーは八二一号室の鍵を開けた。マディガンと二人で部屋に入ったジョニーは、すばやく部屋を見まわしたが、今朝、ジョニーが部屋を出た後で、ここを物色した者はいないようだった。

「いったいどうして、サムは警察にいなけりゃならないんだ？」ジョニーはマディガンに聞いた。

「ピークスキルの警官から、電話が入ったんだ。あっちでクラッグを逮捕して、留置場にぶちこんだんだが、ほかの囚人を連れて脱走したんだとさ」

ジョニーは仰天して、マディガン警部補を見た。「サム・クラッグの話をしてるんだよな？　おれの相棒のサムのことだよな？」

「ほかにいないだろ。それにあいつ以外の誰が、コンクリートから鉄格子を引き抜くなんてまねができるっていうんだ？」

「サムがやったのか？」

「そうだ」

「おれは今朝早くからサムに会ってないんだ」ジョニーは言った。「外出して戻ってみたら、おれが交通事故で怪我をしたって電話がサムにかかってきたって、ボーイ長に言われたんだよ。サムはおれのところへ行こうと飛び出して、それから、サムの姿を見たやつはいない。といっても、サムをひっさらったやつらは別だけどな」

「あいつを無理やりどこかへ連れていくなんて、どうしたらできるんだ？」

「いや、サムは確かに強いが、ピストルの弾をげんこつでぶん殴るわけにはいかないからな」

マディガン警部補は顔をしかめた。「今度は何に首をつっこんでるんだ、フレッチャー？　例のカーマイケルの一件じゃないのか」

「ジェス・カーマイケル殺しの犯人には興味ない」

マディガンは、疑わしげにジョニーを見やった。「また探偵ごっこをしているわけじゃ、ないんだな？」

ジョニーはそうだともそうでないとも言わなかった。

マディガンはベッドの上に座り、指でベッドの脇の小テーブルを、こつこつと叩いた。「フレッチャー、今度のことはこちらの好意だ。ピークスキルの警察がクラッグの身柄をほしがっているから、こっちで逮捕するんだ。やつはこのホテルに、おまえ宛ての電話をしたんだそうだ。おれたちがこんなに早く着いたのは、そういうわけだ。クラッグがホテルに入ってきたら、ピークスキル警察にかわって、やつを逮捕、拘束するからな。ピークスキル警察は、おまえには関心がない。事後共犯が発覚しなければだが」

「ピークスキルには、八年も行ってない」

「それと、おまえをわずらわすつもりはないんだろうが、ピークスキル警察はクラッグに厳罰をくだすだろう。重窃盗、文書偽造、サリバン法違反、暴力行為――」

「冗談だろ?」ジョニーは叫んだ。「サムが文書偽造? あいつは自分の名前もろくに書けないんだぞ。他人の名前なんかなおさらだ」

「あっちが電話でそう言ってたんだ。文書偽造、その他もろもろとな」

「サムが留置場を脱走したって驚かないが、文書偽造はない!」

マディガンは腰をあげた。「本当にカーマイケル事件には、関わってないんだな?」

「さっきそう言っただろ」

電話が鳴った。ジョニーは電話のほうへ一歩踏み出したが、マディガンが機械的に手をのばした。

「はい」マディガンは言い、それからこう続けた。「誰ですって……? わかりました。では、あがってきてください。八二一号室です」

「サムか?」

「いやいや、別の客だ。フレッチャー、おまえがカーマイケル事件をかぎまわってないと聞いて、ほっとしたぞ。ミスター・カーマイケルは大富豪で、お偉方の友人もいる。例えば、当局とかにな」

「おまけに二千二百店舗も、食料品店を持ってるしな」

第十九章

ドアが小さくノックされ、ジョニーは大声で言った。「どうぞ！」

ドアが開き、オールド・ジェス・カーマイケルが部屋に入ってきた。「げっ！」ジョニーは叫び、非難がましい目でさっとマディガン警部補を見やった。

オールド・ジェスはジョニーに向かってうなずいた。「調子はどうだ、フレッチャー？ ちょっと話がしたくて来たのだが、客がいるようだな」

「彼は客じゃありませんよ」ジョニーはあっさりと言った。「警察です。マディガン警部補です、ミスター・カーマイケル」

オールド・ジェスは承知のしるしにうなずいたが、警部補と握手をしようとはしなかった。「今朝、本部長補佐と少し話をした」

「知っています」マディガン警部補は、気まずそうに言った。「私が、ええと、事件を担当しているんです」

「それならなぜ、さっさと結果を出さないのだ？」オールド・ジェスはそっけなくたずねた。「息子を殺した男――もしくは女――をつかまえてもらいたい。今朝、本部長補佐にも言ったが、もし……」オールド・ジェスはしゃべるのをやめ、言葉をしぐさに変えた。「いや、もういい。フレッチャー、内密に話がしたいのだが」

「私はもう帰るところです」マディガンは、ぎこちなく言った。

「では、ごきげんよう――しかし、私の言ったことを忘れないでもらいたい」

マディガンは出て行った。

オールド・ジェスが言った。「しばらく前に電話をもらった。相手の女は――」

「ちょっと待った！」ジョニーはさえぎった。

勢いよくドアを開け、ドアのすぐ外に立っていたマディガン警部補に言う。「エレベーターは向こうだぜ」

マディガンは顔を赤らめ、くるりと向きを変えると、淡い灰色のエレベーターボタンを叩いた。ジョニーはエレベーターが来て、マディガンが去るまで待ってから、ドアを閉めた。

「立ち聞きをしていたのか！」オールド・ジェスは叫んだ。

「警察は地獄耳ですからね」

オールド・ジェスはわずかな家具しかない、ホテルの一室を見まわした。「私も昔は、こんな部屋に住んでいた。一週間に四ドルでな」

「このむさくるしいホテルは、私たちから週十二ドルも取るんですよ」

「私たち？」

「私には相棒がいましてね。サム・クラッグといって、世界で一番強い男です」オールド・ジェスがけげんそうにジョニーを見たので、ジョニーは続けた。「私は本のセールスマンなんです。『だれでもサムスンになれる』という本を売っていて、サムはその手伝いをしてくれています。サムの胸に鎖をまきつけて、カモ、いやもとい、見こみのありそうな客の前で、売りこみをするんですよ。私がいかにして、健康と強さと活力の秘訣を見いだしたか、答えはすべてこの本の中にある、とね。サムが胸をふくらませて鎖を切り、その後で私が本を売ります」

「悪くないな」オールド・ジェスは言った。「なかなかいい。私の最初の店には、豆がぎっしりつまった大きなガラスのつぼが置いてあった。店の商品を買った客は、つぼの中にいくつ豆があるか、あてる機会をもらえる。みごと、豆の数を言いあてられたら、現金百ドルを賞金として出すというわけだ」オールド・ジェスはしのび笑いをした。「これまで誰も、正解にせまることすらできなかった。同じ大きさのつぼを買って豆を入れ、一つずつ数えた者がどれだけいたか知ったら、きみは驚くと思うがね。それでも豆の数をあてることはできなかったよ」

「つぼの真ん中の見えないところに、大きな石が入れてあったとか?」

「鋭いな」オールド・ジェスは言った。「もっとも、石ではなく――木片だがな。言っておくが、私は嘘などついていない。つぼがすっかり豆でうまっているわけではないと、言わなかっただけだ。正確には誰もだましてなどいないが、結局、週に百ドルを店から取られずに済んだというわけだ」

「生き残るためには、抜け目なくならなくては」ジョニーは言った。「でなければ、もっとずるがしこい者に、絶えず狙われることになりますからね」

「そうだとも、フレッチャー。そのとおりだ。ジェスにもずっと言ってきたのだが……」オールド・ジェスはしゃべるのをやめ、表情をひきしめた。「ここへ来たわけを思い出した。私に電話をよこした女だが――アリス・カミングスと名乗っていた」

「ほう!」

「ジェスからしぼれるだけしぼり取ったろうに、まだ満足していないらしい」

「あの二人は、結婚していなかったんでしょう？　それともしていたんですか？」

「私が知るかぎり、していない。少なくとも、それだけはありがたいと思っている。しかしあの女は、売りたいものがあるというのだ」オールド・ジェスは一息つき、せかせかと部屋をひとまわりした。「警察は信用できない。警察に言ったところで、馬鹿な年寄りの感傷と言われるのがおちだろう。もちろん、私の前では言わないだろうが、腹の中でそう思うに決まっている。面と向かって悪口を言うには、私は裕福すぎるからな。だから、なまじ金があるのは困るのだ」

「私には、困ったことだとは思えませんが」

オールド・ジェスは眉をひそめた。「ジェスが、七つか八つの子供のころ、ジェスに貯金箱を買ってやった――」

「青銅のガチョウの貯金箱ですか？」

「知っているのか？」オールド・ジェスは熱心にたずねた。「見たのかね？」

「はい」

「どこで？」

「まずは、最後まで話してください。たぶん、そのほうがいい」ジョニーは促した。

「そのころ、私はもう、一ダース以上の店舗を持っていた」オールド・ジェスは続けた。「妻は亡くなり、女家庭教師がジェスの面倒をみていた。家庭教師と家政婦がな。金持ちではなかったが、食べるには困らなくなっていた。ジェスとはできるかぎり一緒にすごすようにしたが、それでもじゅうぶんとは言えなかった。倹約の大切さを教えたくて、あのちっぽけな貯金箱を買ってやったのだが、どういうわけかあの貯金箱は、ジェスの気に入りのおもちゃになった。夜、ジェスの部屋に入ったら、ジェスが貯金箱を手に握りしめて寝ているのを見つけたこともある」オールド・ジェスは、深く息を吸いこんだ。「その後、ジェスが大人になってからは、もうあの――ガチョウの貯金箱を目にすることもなかったと思う。なのに今になって、あの女が貯金箱を持っているから、私に売りたいというのだ」

「いくらで?」

「実に馬鹿げた話だが、五万ドルでだ」

「五万ドル……!」

「私は電話を切ってやったが、あの女はかけなおしてきて、貯金箱だけではなく、ジェスを殺した犯人の名も売りたいとぬかしおった。きみはどう思う?」

「ミスター・カーマイケル」ジョニーは穏やかに言った。「彼女は本当のことを言っているかもしれません!」

「きみまでおかしくなったのかね?」

「昨日からずっと、大勢の者が私から貯金箱を奪おうとしていたんです」

「きみから?　つまり、きみが貯金箱を持っているのか?」

「持っていたんですよ。貯金箱は、今朝この部屋から盗まれました」

オールド・ジェスは不満げな声をあげた。「貯金箱を持っていると、どうして私に言わなかったのかね?」

「そこまで価値のあるものだとは、知らなかったからですよ」

「あの女、カミングスは知っていたらしい。カミングスは電話でこう言った。ジェスは死を予感していたと。もし自分に何かあったら、貯金箱をこの私に渡せ、そこに自分を殺した者の名が入っている。そうもらしていたと」

「あの貯金箱は」ジョニーは言った。「ごく普通に作られたものでした。値が張るものではないはずです」

「ああ。たぶん二十五セントかそこらの小銭で買ったはずだ。店には一ダースばかり、同じものが一緒に置いてあった。貯金箱そのものに価値などない。肝心なのは貯金箱の中身だ」

ジョニーはズボンの右ポケットの奥を探り、昨日貯金箱から抜き出したひとつかみのコインを取り出した。ジョニーはコインを、ベッドのうわがけの上に投げ出した。「今朝、貯金箱は持っていかれてしまいましたが、その時にはもう空でした。これが貯金箱の中身です」

オールド・ジェスは鋭くジョニーを見やった。コインのほとんどをすくいあげ、ためつすがめつしてから、指の間から落とし、ベッドに戻す。「一セント、十セント、二十五セント、ただそれだけだ。この手の古いコインは、それなりの価値があると聞いたが、それほどの高値になるとは――」

「ええ、そのとおりです。私もよくよく調べてみたんですが、額面どおりなら、合計で六ドル三十八セント。コイン商は、まとめて二十ドル以下の値段しか、つけませんでした。コイン商なら、こいつの価値がわかるのかもしれませんが、どううまく取引しても、四、五十ドル以上になることはないでしょう」

「貯金箱の中に、きみが見落としたものがあったに違いない」

「私もそれは考えました。メッセージつきの紙切れでも入っているかと思って、中を探ってみたんですが、もし入っていたのなら、見落としたんでしょう」

「外側はどうだ？　ひっかき傷とか、そういったものはなかったのかね？」

「誓ってありませんでした。メッセージを書いてから、それを隠すように貯金箱を作りなおしたのかとさえ思ったのですが、メッセージのたぐいはありませんでした」

オールド・ジェスは頭を振った。「困ったものだな。あの女は、貯金箱が私にとって五万ドルの価値があると確信しきっているような口ぶりだったのだが」

「彼女は本当に、貯金箱を持っていると言ったんですね？」

「ううむ。貯金箱を届けることができると、ほのめかしてはいたがな」

「ひょっとしたら、確たる自信はなかったのでは？　今朝、この部屋が探索され、貯金箱が盗まれたことに疑問の余地はありません」

「どうしてやつらはコインを持っていかなかったのだ？」

「部屋になかったからです。貯金箱から出した後はずっと、私がポケットに入れて持ち歩いていました」

オールド・ジェスは再び何枚かのコインを手に取り、しげしげと見た。「コインに印(マーク)でもついているかと思ったのだが。何もなかった」

「私の友人のサム・クラッグが、今朝、貯金箱が盗まれた後でさらわれました。一時間たらず前に、私がハノーバー・クラブから出た時にも私を拉致しようとした者がいました」

「ハノーバー・クラブにいたのかね？」

ジョニーはうなずいた。

オールド・ジェスは顔をしかめた。「拉致だと？　なぜ……？」

ジョニーは肩をすくめた。「あなたのお話からすると、貯金箱を盗んだのは、アリス・カミングスに雇われた者のようですね。拉致の件を考慮すると、考えられるのは二つに一つです。ミス・カミングスが、貯金箱の中にあると思っていたものを発見できなかったか、ミス・カミングスとは無関係の者が、貯金箱――というより、貯金箱に入っているはずのメッセージを追っているのか」

「どうしてこんなことにまきこまれてしまったのか！」オールド・ジェスは叫んだ。「いや、私の息子のことだ。きみは、カミングスという女には会ったのかね？」

「はい。ジェスが彼女に夢中になったのも、まあ理解できます。大変な美人ですから」

「どうせ血も涙もない冷血女なのだろう」

「彼女は男をそんな風には扱いませんでした。どこまでもかわいらしく、媚びるような感じでしたよ。そういうのが似合う容姿でしたしね」

「ジェスにはヘルタ・コルストンという、若く申し分のない婚約者がいた」

「ミス・ヘルタ・コルストンにもお会いしました。彼女には、アリス・カミングスを一ダースあわせたほどの価値がある。しかし、ヘルタが結婚相手にふさわしい女性なら、アリスは男の理性を失わせます。男がミンクのコートを買ってやりたくなる女なんです」

「ふん！　ジェスがあの女に金をやろうが、ものを買ってやろうが、文句を言う気はない。だが、ジェスが少年時代の宝物だったガチョウの貯金箱をあの女にやったというのが、あの女をそんなに信頼していたというのが……どうにも我慢できんのだ。一からもう一度やりなおせるなら……」

オールド・ジェスは言葉を切り、しばらく口をつぐんだ。「だが、もう一度やりなおすことなどできはしない。ジェスは死んでしまい、何も残ってはいないのだからな」

この瞬間ジョニーは、億万長者を気の毒に思った。

「お察しします」

オールド・ジェスは気を取りなおすと言った。「フレッチャー、あの女のところへ行ってもらいたい。私はきみを信用している。きみは若いころの私にそっくりだ。きみをだませる者は、多くはないだろう」

「だまそうとするやつがいたら、返り討ちにしてやりますとも」ジョニーは言った。

オールド・ジェスはうなずいて同意を示した。「あの女が知っていることを暴露し——貯金箱を取り戻してほしい。そうするしかないなら、買い取ってくれ」

「五万ドルで?」

オールド・ジェスは顔をゆがめた。「ナンセンスだ。これまでの生涯、誰からも脅迫を受けたことなどないし、この段階でしっぽをまいて逃げるつもりなどない。ところで、レスター・スミスソンの捜索はどうなっているのかね?」

「かなり順調だと思います。わかってきたこともありますし、近いうちに、結果を出せるかと」

「結構。期待しているぞ」

オールド・ジェスはドアへ向かったが、ジョニーはオールド・ジェスを呼びとめた。「ミスター・カーマイケル、このコインがお入り用なのでは?」

オールド・ジェスはためらったが、頭を振った。「いや、ジェスが気に入っていたのは貯金箱であって、コインではない。私が買ってやったのは、あの貯金箱だ。コインは取っておいてくれ」

オールド・ジェスは再びうなずくと、部屋を出て行った。

第二十章

ジョニーは一セント、十セント、二十五セントの山を見おろし、手にすくいあげた。コインをベッドの上にばらまき、ひっくり返して「表」が上になるようにする。念入りに調べてから、今度はコインを全部裏返して、「裏」が上になるようにした。

ジョニーは重いため息をついた。コインからは、なんのメッセージも伝わってこなかった。

電話が鳴り、ジョニーはぎくりとした。ジョニーは受話器を取りあげた。

「もしもし？」

「フレッチャー」粗暴な声が言った。「友達のゴリラ男を五体満足で返してほしいだろ？」

「おまえは誰だ？」ジョニーは鋭くたずねた。

「そんな無駄話をしている暇はない。クラッグを生きて返してほしいか、と聞いてるんだが？」

「クラッグはそっちにいないだろ」ジョニーは言い返した。

「おや、そうか？　やつがおまえと一緒にいるなら、電話に出してみろよ」

「わかった」ジョニーは言った。「クラッグがここにいないとして、おまえはおれにどうしてほしいんだ？」

「またかけなおす。逆探知でもされたら困るからな」

電話は切れた。ジョニーは受話器を置き、電話をにらんだ。コインを手に取り、部屋を見まわして
バスルームへ行くと、サムが昨日洗っていた洗濯物を眺める。その場の思いつきにまかせて、シャワ
ーカーテンのレールから靴下をおろし、コインを中に入れて振ると、靴下の底にコインをつめこんだ。
靴下の上半分を結んで縛り、ほかの靴下もおろすと、ひとまとめに全部、バスルームの隅に放る。
寝室で電話が鳴り響いた。ジョニーは寝室に戻り、受話器を取りあげた。
「よし」粗暴な声が言った。「よく聞けよ。ホテルを出て、四十五丁目を七番街のほうへゆっくり歩
け。ラッキークローバータクシーが来るから、そうしたら――」
「さっさとピークスキルに帰れよ」ジョニーはとげとげしく言い、音を立てて受話器を置いた。
すぐにまた電話が鳴った。ジョニーは受話器をひったくると、「地獄に落ちろ!」と怒鳴った。
ジェームズ・サットンの声が叫んだ。「おいフレッチャー、そんな言いぐさはないだろう」
「なんだ、あんたか!」ジョニーはうなった。「別のやつから電話があったばかりなんで、そいつが
かけなおしてきたのかと思ったんだ」
「きみと話がしたいんだが」サットンは言った。「〈バービゾン-ウォルドフ・ホテル〉の、ぼくの部
屋まで来てくれないか?」
「すぐには無理だ。手がふさがってるんでな」
「無駄足にはさせないから」
「一時間ぐらいで行くようにする」
「わかった。だが、できたらもっと早く来てくれ。だいじなことかもしれないんだ。レスター・スミ
スソンに関することで、きみがハノーバー・クラブで聞いていない話だと思う」

「へえ、おれがあそこにいたのを、知ってるのかい？」

サットンはしのび笑いをした。「ウィットルジーを、死ぬほどおびえさせていたじゃないか。それじゃ、一時間後に」

ジョニーは同意し、電話を切った。部屋を出て、ロビーにおりる。ロビーにはまだ警官がおり、マディガン警部補が遠くの隅に座って、新聞を読んでいた。ジョニーは周囲を見まわし、フロントの近くにエディー・ミラーがいるのを見て、そちらへ歩みよった。

「おや、ミスター・フレッチャー」エディーは言った。「あなたに警告しようとしたんですがね。ミスター・ピーボディが告げ口したんですよ」

「わかってるよ。あの下司野郎が」

「ピークスキルにいるミスター・クラッグから電話がありまして。あっちの警察にいると言ってました」

「もうそこにはいないよ。だからおまわりがここにいるんだ。サムが留置場を脱走したから、ピークスキル警察がニューヨークの警察に電話をよこしたのさ」

「それはそれは！」エディーは言った。「それじゃ、ミスター・クラッグは、大ピンチってわけですね」

「ああ。サムのために今すぐできることはない。サムはピークスキルとニューヨークの間にいるんだろうし、姿を見せたら逮捕されるだろう」

「もし一番にあの人を見かけたら、合図を送ってみますよ。ただ、ピーボディが……。それで思い出しましたが、ピーボディが激怒してる理由を、私は知ってるんですよ。部屋に泥棒が入って、服を失敬していったとか。やつの主張によれば、一番いい服だそうですが」

「いい気味だ」

「ピーボディはあなたがやったんだと思ってますよ」

「おれが？　おれがそんなことをすると思うか？」

エディーはためらった後で答えた。「いや、私は思いませんけどね。ピーボディは怒り狂ってます。マスターキーで、あなたの部屋に押し入ったりもしてるんですよ。当然服は見つかりませんでしたが、あなたが売りとばしたんだと思ってるらしいです」

「おれはやつの古着を売りとばしたりしてないぞ」ジョニーは「売る」という言葉を、少しだけ強調しながら言った。「だが、それもいいかもな。やつがおれをほっておいてくれないなら、近いうちにそういうことをするかもしれないぜ。さて、もう行かなくちゃならない。万一、おれが出かけているうちにサムが戻ってきて、おまわりにつかまるようなことがあったら、こう言い聞かせておいてくれ。ニューヨーク警察に爆弾を落としてでも、出してやるからってな。あいつは留置場には、我慢できないんだ」

「自分でそう言ってました」

ジョニーはうなずき、フロントに歩みよった。五ドル札と一ドル札をデスクに置いて、事務員に言う。「十セントの束一本と、一セントの束二本あるか？」

事務員はいささか驚きながらも、紙幣を受け取った。「お出しできると思います」

事務員は現金入れを開け、三束のコインを取り出した。ジョニーは包み紙を引きちぎると、コインをそっくりズボンの右ポケットに入れた。そして、かたわらで困惑しているエディー・ミラーににやりと笑いかけると、ホテルを出た。

道の向こうで、ラッキークローバータクシーが、七番街と向き合うように並列駐車していた。ジョニーは親指を鼻に押しあててみせてから、六番街のほうへ歩き出した。がさつな声が後ろでわめいたが、そのまま六番街に向かって歩く。

ジョニーは信号待ちをしていたバスによじ登った。しばらく後でバスをおりると、五番街をめざし、シャトー・ペラムに入った。

交換手はすぐにジョニーを見わけた。「ミス・カミングスですか？　いらっしゃるかどうか、確かめます」交換手は電話で話してから、ジョニーに向かってうなずいた。

「あがっていいですよ」

ジョニーはエレベーターに向かったが、その時、J・J・キルケニーがロビーに入ってきた。キルケニーは交換手を素通りし、ちょうどエレベーターのドアが開いた時に、ジョニーのすぐそばへきた。

「取りついでもらったのか？」ジョニーは皮肉っぽく言った。

AAAのエースは、エレベーターに乗りこんだ。「おまえには言いたいことが山ほどある」

「手紙でも書いてくれよ」ジョニーは言った。「そしたら暇な時に、ゆっくり鑑賞してやるから。今はかなり忙しいんだ」

キルケニーは四階のボタンを叩き、エレベーターは上昇した。キルケニーはジョニーを探るように見た。とほうもない努力で、自分をおさえているのは、明らかだった。

「今気づいたが」ジョニーは指摘した。「何階か知ってるんだな」

「ああ、そうだ」キルケニーははりつめた声で言った。「おれはいろいろ知ってる」

二人は四階でおり、キルケニーがアリス・カミングスの部屋のブザーを押した。アリス・カミングスがドアを開ける。三百八十五ドルぐらいはしそうな外出着姿で、とても魅力的だった。

「あら」キルケニーがジョニーと一緒なのを見て、アリスは言った。

二人はアリスの部屋に入った。「ミス・カミングス」ジョニーは即座に切り出した。「あんたのせいで、部屋のガラスや家具がこわれたりしてるんだが。わかってるよな?」

「そうね」アリスは言い、キルケニーを見やった。「この建物の人たちと、もうじゅうぶんごたごたしてるのよ。引っ越せと通告されたわ。このうえ大枚をはたくことになるのは、ごめんこうむりたいわね」

「おれに言うなよ」キルケニーはジョニーに言った。「おれだっておまえのせいで、仕事をくびになってるんだからな」

「どの仕事を?」ジョニーはたずねた。

「おまえが一番よく知ってるだろうが」キルケニーは怒鳴った。「アクミ清算会社の仕事だ」

「そいつはよかった。サムもほっとするだろうよ。古ぼけたマンドリンの件で、悩まされなくて済むからな。おれはてっきり、別の仕事のことを言ってるんだと思ったぜ」ジョニーはアリス・カミングスのほうを指さして言った。

アリス・カミングスはかっとなった。「コインは持ってきたの、フレッチャー?」

「十七ドル用意してもらえるんなら」

アリスはテーブルからバッグを取り、開いた。

ジョニーは言った。「断っておくが、こんな取引をしても金を無駄にするだけだぜ」

「自分のものを取り戻したいだけよ」

ジョニーは肩をすくめた。ズボンのポケットに深く手をつっこむと、ひとつかみの一セントと十セントを出し、アリス・カミングスのほうへ差し出す。アリスは十七ドルぶんの紙幣をテーブルに置くと、両手を杯のようにしてコインを受け取ろうとした。

間近で見ていたジョニーは、アリスの鼻孔が広がり、アリスが興奮をおさえて息を荒くするのを見て取った。

「さてと、ミスター・フレッチャー」アリス・カミングスは、冷ややかに言った。「あなたの顔はもう見飽きたし、当分見たくないわ」

「いやその」ジョニーは言った。「ちょっと話したいんだがな——二人だけで」

「あなたに何も言うことはないわ」

「いや、あると思う。それに、おれはあんたに話すことがあるんだ」

「どうせ私が興味を持つような話じゃないでしょ」

「こんな話ならどうだい」ジョニーは言った。「あんたはおれのホテルの部屋から、ええと、あるものを取り戻すために、ここにいる我らが友人のキルケニーと協定を結んだ。あるものとは、ガチョウの貯金箱だった」

「出て行け、フレッチャー」キルケニーが怒鳴った。

「あんたがよこしたちんぴらどもは、おれの部屋をめちゃめちゃにしていった」ジョニーは穏やかに続けた。「貯金箱を探すのに、そんなことをする必要はなかった。貯金箱は手の届く場所にあったんだからな。しかし、彼らがほしいのは貯金箱だけではなく——貯金箱の中身も探していた」

「ぶちのめされたいのか、それとも……」キルケニーはだみ声で言い、手をあげると、ジョニーのほうへ足を踏み出した。ジョニーは花を入れたこぎれいな陶磁器の鉢がのったテーブルの後ろに、さっとまわりこんだ。

「家具があるぞ」ジョニーは警告した。

「やめて、二人とも」アリス・カミングスが叫んだ。「どうしても喧嘩したいなら、外に出てからにしてちょうだい」

「ボスの言うことが聞こえたろ、こわし屋」ジョニーが言った。

キルケニーは足を止めた。

ジョニーは、アリス・カミングスに指をつきつけた。「実はおれがここに来たのは、ある人がおれのところへ来たからなんだよ。あんたが売りたいものがあると言って電話してきたと言ってた。誰のことかわかるかい？」ジョニーはせまった。

アリス・カミングスは、鋭くジョニーを見やった。「何を知ってるの——この件について」

「何もかも」

アリスはためらい、それからキルケニーに目を向けて言った。「三十分したら戻ってきてくれない？」

「おれはもう、ここにいるんだが」キルケニーはそっけなく言った。「だますつもりじゃないだろうな」

「お金なら払うわ」アリスはもと借金取りに、敵意を示し始めながら言った。

「もちろん、きっちり払ってもらうぞ」キルケニーはぴしゃりと言った。「この仕事でいろいろやばい橋を渡ったんだ。もらえるものはしっかりもらうからな」

「ちゃんと払うから」

「フレッチャーは、何ひとつわかっちゃいねえと思うぜ。ただ、ぺらぺらとよく舌がまわるだけだ。こいつはあんたに黒を白だと思いこますこともできるし、あんたの歯からつめものをかっぱらうこともできる」

「ああ、おれもあんたを気に入ってるよ、J・J」ジョニーは言った。

キルケニーは歯をむき出したが、おもむろにドアのほうを向いた。「三十分で戻ってくる。言っておくが、おれをだましたり裏切ったりするなよ」

キルケニーは出て行った。

ジョニーは言った。「オールド・ジェス・カーマイケル。おれは彼のために働いてる」

「どうして？　どうしてオールド・ジェスがあなたのような男を雇わなくちゃならないの？」アリス・カミングスは詰問した。

「たぶんおれを信用してくれてるんだろう」

「あなたを？　けちな山師、ペテン師以外の何者でもないくせに」

「お嬢さん」ジョニーは穏やかに言った。「ずいぶんと品のない言いぐさだな。そんな口をきくには、あんたは美しすぎる。そう、おれだってあんたに夢中になってたかもしれない……それだけの金があれば」

「私もあなたに夢中になったかもしれないわ」アリスは認めた。「あなたがしかるべきものをじゅうぶん持っていれば。だけど、持っていないんだから――」

「フラナガンには、それがあったってことかい？」

その名前は、アリスを愕然とさせた。「誰ですって？」

「ハリー・フラナガンだよ。ほかにいないだろ。ジゴロの……」

それが決め手になった。アリスはジョニーに飛びかかり、ジョニーの顔に手痛い平手打ちを見舞った。「この下司男！」アリスは金切り声をあげ、またジョニーをひっぱたこうとしたが、ジョニーの手に両手首をつかまれた。

「落ち着けよ！」ジョニーは叫んだ。「あんたはおれをけちな詐欺師と罵倒するが、おれは無知な女の子から二十五セント玉をせしめたことなんか、ただの一度もありゃしないぜ。ハリー・フラナガンは、あんたからまきあげるだけまきあげていたんだろ。あんたがジェス・カーマイケルからしぼり取ったものも全部。そして、それを別の女に貢いでいたってわけだ」

「でたらめよ！」アリスは絶叫した。アリスのハイヒールがジョニーの向こうずねをかすめ、ジョニーはたじろいだ。「下司で下劣な嘘ばかり！」

アリスは再びハイヒールで蹴ろうとしたが、ジョニーは乱暴にアリスを押した。背後の壁にぶつからなければ、アリスは後ろに倒れていたかもしれなかった。

「フラナガンがくずだってことは、ブロードウェイと四十八丁目の誰もが知ってる。あんた以外はね」

「出て行って、出て行ってよ！」

「あんたはジェス・カーマイケルからしぼれるだけしぼったが、その後、うんざりしたジェスが財布の紐をしめ始めたので、ジェスに嫌気がさしたってわけだ。それとも、色男のフラナガンと一緒にいる現場を、ジェスにおさえられでもしたのかい？」

風向きが変わったせいで、アリスのやみくもな怒りは、おびえに変わった。「それは違うわ。ハリーはジェスを殺したりしていない。絶対によ。私は知っているもの」

「フラナガンが電気椅子送りになる可能性は、じゅうぶんあるだろうな」ジョニーは言った。

「そんなことはないわ！　あなたは間違ってる。ハリーのことを――警察にたれこんだりしたら許さないわよ。ハリーはなんの関係もないんだから」アリスは、ジョニーに渡されたコインを置いたテーブルに向かって突進した。「ほら、これよ――ジェスがそう言ったのよ。私に貯金箱をくれて、ぼくに何かあったら、貯金箱を父さんに渡してくれと言ったわ。父さんには、ぼくを傷つけた犯人がわかるだろうからって」

「おれの見たところ、貯金箱の中にメモなんかなかったがな」

「メモじゃないわ。中にあるのは……」アリスはしゃべりすぎたことに気づいて口をつぐみ、とほうもない努力をして気をしずめた。「私の電話のことで、ミスター・カーマイケルが、あなたのところへ来たと言ったわね」

「あんたが五万ドルをむしり取ろうとしたと言ってたよ」ジョニーは侮辱するような口調で言った。

「嘘でしょ。私はオールド・ジェスに、貯金箱と、それから」アリスはコインを指さした。「あのコインを売りたいだけよ。今朝の新聞に書いてあったわ。オールド・ジェスは息子を殺した犯人を見つけるためなら――最後の一ドルまで投げうつってね。オールド・ジェスには約五千万ドルもの財産があるんだから、五万ドル出すぐらいどうってことはないわ。ジェスが犯人は貯金箱の中だと言っていたから、ジェスの父親に貯金箱を渡したいだけよ」

「もうじゅうぶん、ジェスからまきあげたんじゃないのかい？」ジョニーは皮肉った。「ミンクのコートも宝石もこの部屋も――あんたがハリー・フラナガンに貢いだ金も」

　フラナガンの名前に過敏になっていたアリスは、ジョニーがその名を口にすると、再びたじろいだ。

「フラナガンの名前を出すのはやめて」アリスは言い、ふいにまた、悪意むき出しの態度に戻った。

「頭の悪い老いぼれに、貯金箱が値あがりしそうだって伝えるといいわ。明日には七万五千ドルになるだろうってね」

「明日になれば」ジョニーは言った。「あんたはそこの小銭を食っちまえるだろうさ。ついでに一本足のガチョウもね。まあ、塩かコショウをふりかけたほうがいいとは思うが。あんたの胃袋はとても頑丈そうだが、貯金箱は青銅だから、いくらあんたでも、消化するのは一苦労だろう」

「さっさと出て行って！」アリス・カミングスは怒鳴った。

「ああ、お嬢さん」ジョニーは言った。「もう帰るところだよ」

　ジョニーはドアを開け、エレベーターへ向かったが、アリスが後を追ってきた。

「待って！」アリスは叫んだ。

　ジョニーはエレベーターのボタンを叩いた。「じゃあな(アリヴェデールチ)。さよなら(アウフ・ヴィーダーゼーエン)。ごきげんよう(グッド・バイ)」

　エレベーターのドアが開いた。

「四万ドル。ミスター・カーマイケルに、四万ドルで売ると伝えて……」

　ジョニーは意地の悪い笑みを浮かべ、「下降」ボタンを押した。

　一階に着くと、ジョニーは交換手にウインクをし、ロビーを横切った。表のドアの脇に、キルケニーが立っていた。縁石の横にはラッキークローバータクシーが止まっており、ドアのそばには、ハリー・フラナガンがいた。

「よし、フレッチャー」フラナガンは大声で言った。「お遊びはもう、たくさんだ」

キルケニーが横から近づいてきて怒鳴った。「さてと、決着をつけようじゃねえか」

ジョニーは軽やかに脇へよけた。「あんたら、知り合いなのか？　アリス・カミングスにカモにされてた者同士だもんな」

フラナガンとキルケニーは、見たところ初対面のようだった。二人は敵意に満ちた目をかわしあった。

「誰だ、貴様は」フラナガンがわめいた。

「ケツの青いガキめ！」キルケニーがせせら笑う。

「じゃあな！」ジョニーは叫んで踵を返すと、一目散に走り出した。フラナガンとキルケニーはジョニーを追いかけようとしたが、まだおたがいに警戒したままだった。曲がり角にたどり着いたジョニーは、足を止め、後ろを見た。

キルケニーとフラナガンが顔をつきあわせ、何やら怒った身振りをしていた。

第二十一章

自由になりはしたものの、サム・クラッグは、ニューヨークシティから三十五マイルも離れた場所にいた。ポケットには小銭一枚なく、警察に追われている。サムは留置場の裏手から道路へ飛び出すと、急ぎ足でそこを抜け、また別の路地をかけ抜けた。警察の追っ手が来るのは、時間の問題だった。サムが留置場を脱走し、戻ってきそうもないとわかるが早いか、老いぼれ浮浪者は大声をあげるだろう。

警察はきっと追いかけてくるはずだった。サムは大急ぎで道を進み、三番目の路地を通り抜けたが、その時、線路がサムの目に入った。列車か。幹線道路を逃げるよりは安全だろう。サムは思った。

むろん、金などなかったが、ジョニーと彼は昔、貨物列車にただ乗りしたことがあった。サムに必要なのは、貨物列車だけだった。

サムの前には長いプラットホームがのびており、二、三人の客が列車を待っていた。サムは、客の一人に近づくと、礼儀正しくたずねた。「次の貨物列車は、いつ通過するんだい？」

「貨物列車？　この路線で、貨物列車なんか見た覚えはないな」

「どこの鉄道にだって、貨物列車はあるだろ」サムはがんばった。「でなきゃ、どうやって荷物を運ぶんだ？」

「さあ、知らないな。確かなのは、もうすぐおれの乗る列車が来るってことだけだ」

電動式の車両に引かれた列車が、すべるように駅に入ってきて、プラットホームにいた数人の客が、列車に乗りこみ始めた。サムは周囲を見まわし、青い制服が、ホームのはるか向こうの端にいるのを見て取った。サムは昇降段に向かって突進し、大急ぎで列車に飛びこんだ。

列車は動き出し、サムは中で席を見つけた。前の車両に車掌が入ってきた。乗客の切符をあらためてから、窓の脇の金属のくさびにつっこむ。車掌は新たな客から切符を受け取ると、サムのところへ来た。

「切符をどうぞ」

「え？　いやその、前の駅で渡さなかったか？」

「それはないと思いますが」車掌は言った。「それならそこに、半券があるはずですから」車掌はサムの席の窓のそばにある、空っぽの切符入れを示した。

「確かに渡したと思うんだがなあ」サムはぼやいた。

「すみませんが、いただいておりません」

サムはポケットを探り始めた。コートのポケットをゆっくりと調べ、それから立ちあがってズボンのポケットをあらためる。車掌は辛抱強く待っていた。

「ちゃんと切符を買ったはずなんだが」サムは訴えた。

「そのうち見つかるかもしれません」

「ああ、そうだな――後で、見つかったら渡すよ」

「申し訳ありませんが、今いただかなくてはなりません。現金でもかまいませんが」

「いくらだ?」

「グランド・セントラル駅まででですか?　一ドル十セントです」

「わかった、払うよ」サムはズボンのポケットに手をつっこむと、大げさに驚いてみせた。「なんてこった!」すばやく胸ポケットに手をのばしながら言う。「おれの財布が!」それからサムは、ぱちんと指をならして言った。「ああ、家のピアノの上に置いてきたんだった」

「つまり、お金もなければ切符もないんですね」車掌は言った。

「なあ、あんた、ものは相談だが」サムは提案した。「金なら明日払うよ」

最後までつきあってはいたものの、この手のことにかけてはベテランの車掌は、意地悪く答えた。

「次の駅でおりていただきましょう」

「だめだ」サムは叫んだ。「ニューヨークに行かなけりゃならないんだよ。だいじなことなんだ」

「おりてください」車掌は容赦なく言った。「さもないと、放り出しますよ」

「あんたと、誰がやるんだ?」サムはたきつけた。

列車はもう、次の停車のためにスピードを落としていた。車掌はドアを指さした。「おりて!」

「誰がおろすのかと聞いてるんだが」

「警察を呼びます」車掌は言った。「列車の料金をごまかそうとするのは、法律違反ですからね」

サムにとっては「警察」という言葉だけでじゅうぶんだった。サムはおとなしく立ちあがると、客車の外の通路に出た。列車が止まり、サムはホームにおりた。車掌は体をまわし、また列車が動き出すまで、サムから目をはなさなかった。

五マイル、もしくは六マイル。次の列車を待ち、同じ手でもう五マイルか六マイル前進することはできた。七回か八回やれば、ニューヨークにたどり着けるだろう。しかし、客の少ない時間帯で、列車はそうたくさん出ていなかった。サムはホームで十五分待ち――それからだしぬけにそこを離れた。どこからともなく、警官が現れたからだった。駅の周囲に警官がいるのは、いつものことではあったのだが。

サムは列車でマンハッタンに行くという計画をあきらめた。小さな村を通り抜け、曲がりくねったマカダム道に出る。食料品を運ぶトラックがやってきたので、サムは親指でお決まりの合図をした。トラックが止まった。

「なんだ?」運転手がたずねた。

「乗りたいんだ」

運転手はにやりとした。「よし、乗せてってやるよ――おれが行くところまでだけどな」

サムが乗りこむと、トラックはきっかり百ヤード走ってから、ある家の前で止まった。「ここがおれの目的地だ。この食料品を配達して、店に戻るんだよ」

サムはトラックからおりると、ぶっきらぼうに「ありがとよ」と言い、また歩き始めた。サムは一マイル歩いた。右に左に曲がりくねり、小さな丘をのぼったかと思えば、小さな谷へおりる、田舎道だった。

前方に十字路があった。サムは道路標識が出ているのを見て足をはやめ、標識に近づいて読んだ。「ピークスキルまで、三マイル」。

サムは無念の叫び声をあげた。くねくね曲がる道のせいで、ピークスキルのほうへ戻ってきてしまった。列車で稼いだ距離の、半分ほどは無駄になっただろう。サムは十字路で標識を探し、「ホワイト・プレインズまで、二十二マイル」と書かれているのを見つけた。役に立ちそうになかった。ホワイト・プレインズには行ったことがなかったし、サムの記憶が正しければ、ホワイト・プレインズはマンハッタンから少なくとも二十マイルは離れていた。

サムはためらいながら来た道を引き返し、駅まで戻ると道を渡った。そこで見つけた標識には、ニューヨークまでたったの三十一マイルと書かれていた。サムは決然と、道を歩き始めた。

サムは歩き続け、一マイル進んだ。一人用の車がうなりをあげながら、スピードを落としもせず、サムを追い越していった。サムがもう一マイル歩いたころ、旧式の車がエンジン音をたてつつやってきた。サムは道路にできるかぎり足を踏み出し、激しく手を振った。

鋭いブレーキの音とともに、車が止まった。「後生だ、あんた」サムは叫んだ。「頼むから乗せてくれ。足が痛くて死にそうなんだ」

古いおんぼろ自動車の運転手は、そろそろ七十に手が届くだろう、白髪の男だった。男は言った。

「乗りなさい」

サムはへとへとになって、古びた車に乗りこんだ。「どこまで行くんだね？」運転手がたずねた。

「神の恵み豊かな国、ニューヨークさ」

年配の運転手は、かすかな笑みを浮かべた。「ニューヨークがそんな風に言われるのを、初めて聞いたな。田舎は嫌いなのかい？」

サムは身を震わせた。「おれは嫌いじゃないんだけどな。おれをニューヨークに返してくれ。もう一度ニューヨークをおがませてくれよ。そしたらもう、絶対に離れたりしないから。まったく、散々な目にあっちまった！」

「こんな田舎じゃ、たいしたことは起こらないが」運転手が後を引き取った。「大きな街じゃ、ありとあらゆる厄介事がしょっちゅう起きてるみたいだ。ついさっきラジオをつけたら、ピークスキルの脱獄犯について話していたよ。流血アクション映画に出てくるような、本物のやくざ者らしいな」半分のサイズにちぢむことができたらと、サムは思った。「そうそう」老運転手は続けた。「正真正銘の殺し屋だとか言われてたな。警察がそこらじゅうに、検問用のバリケードをきずいてるらしい」「検問用バリケードだって！」サムは仰天してわめいた。「つまり――車はみんな止められるってことか？」

運転手は前を指さした。「あそこのあれがそうでも、ちっとも驚かんね」

ニューヨーク州の道路パトロールカーが旋回し、道のほとんどをふさいでいた。運転手は旧型車の速度を落とし始め、州の警官が止まるよう合図してきた。

サムは完全に観念した。ピークスキルに戻されることは、わかりきっていた――そして今度は、そこにいるしかないだろう。もう何もかも一巻の終わり、これでおしまいで最後なのだ。

「何かあったのか、カール？」老運転手は警官に向かって言った。

「たいしたことじゃありませんよ、判事さん」警官はていねいに答えた。「牢破りです。逮捕された二丁拳銃男が、ピークスキルの留置場から、脱走したんですよ」

「なるほど、すぐにつかまるよ」サムのかたわらの男は言った。

「もちろんですとも」警官は答え、パトロールカーを通り過ぎて進むよう、老運転手に合図したが、サムをろくに見ようともしなかった。

サムはたっぷり半マイルぐらいは、口をきけずにいたが、それから弱々しくたずねた。「あんた、の治安判事だったのか？」

「ただの治安判事だがね」陽気な声が答えた。「私はずっとこんな田舎で暮らしているんだが。隣人たちは、私がこの年になってもささやかな収入が得られるよう、楽な仕事をまかせてくれてるんだ。あの警官もいい男だよ。ほとんどが気のいいやつばかりだ」

「ああ」サムは言った。「そうだろうな」

サムは再び黙りこみ、小さな車は、曲がりくねった運搬路を数マイル進んだ。しばらくすると車は広い大通りへ曲がり、いくらかスピードを増した。しかし、ヨンカーズの近くまで来ると、治安判事はとうとう言った。「きみ、言っておくが、警察はこのへんでのヒッチハイクにいい顔をしていなくてね。大勢逮捕者が出てるんだ。しかし、私が行くのはヨンカーズまでだ。急いで家に帰りたいなら、ヨンカーズで地下鉄をつかまえたほうがいいと思うよ。地下鉄まで送ってあげよう。その、よかったらこの二十五セントを使うかね？」

運転手はサムにコインを差し出し、サムはコインを受け取った。「判事さん」サムはしみじみと言った。「長年、いろんなやつに会ってきたが、あんたのようないい人は初めてだ。あんたのおかげで、今日あったひどいことは、あらかた帳消しにできそうだよ」

第二十二章

ジョニーが〈四十五丁目ホテル〉に戻った時、警官たちはまだ、ロビーで仕事中だった。マディガン警部補も相変わらず、遠くの隅にむっつりと座っていた。ジョニーはマディガン警部補に手を振ると、部屋へあがっていった。

中に入ると、ジョニーはバスルームへ行き、ジェス・カーマイケル三世の一本足のガチョウから出した十セントや一セントで、ずっしりと重くなった靴下を回収した。

「ここだ」ジョニーはつぶやいた。「ここに何かあるはずなんだ」

ジョニーはベッドの上にコインをぶちまけると、一枚ずつ調べ始めた。拡大鏡があればとも思ったが、目はよかったので、ジョニーはコインを丹念に調べた。ほとんどのコインがすりへっており、ひっかき傷やしるしがあれば、すぐにわかるはずだったが、何もなかった。ジョニーは一セントにきざまれたインディアンのかぶりものの羽の数を数えた。すべて同じだった。ふちのぎざぎざをじっくり眺めたが、変わったところはなかった。ジョニーはコインをひっくり返して観察した。

十セントと一セントをよりわけ、順番に眺めてみた。半時間が過ぎたが、正解にせまることすらできなかった。

「答えはここにあるはずだ」ジョニーは声に出して叫んだ。「ジェス・カーマイケルが、おれより利口なはずはない」

ジョニーはコインを年代順に並べた。一番古いコインは、一八六〇年の一セントであることがわかった。最も古い十セント硬貨は一八六二年、次は一八六五年だった。

ジョニーは目的もなく、二列のコインをくっつけてみた。一番古い十セントに一セント、それから――ある考えが頭に浮かび、ジョニーはすぐさま額面を考えず、コインを日付順に並べた。コインの日付は一八六〇年から一九三九年まで連続して続いている。「これだ!」ジョニーは叫んだ。「これだよ!」

ジョニーはコインをかき集めてすくうと、ポケットにつっこんだ。それからドアへ向かったが、途中で向きを変え、電話を取りあげた。

「〈バービゾン-ウォルドフ・ホテル〉を頼む!」ジョニーは怒鳴り、しばらく後で言った。「ジェームズ・サットン氏を」

サットンが電話に出ると、ジョニーは言った。「すまない、遅くなった。さしつかえなければ、今からそっちへ行く」

「いったい何があったのかと思ったよ」サットンが言った。

「十五分で着くからな」ジョニーは電話を切り、電話帳を取りあげて別の番号に電話した。「ミスター・ジェス・カーマイケルとお話ししたいんだが。そう……いやいや、そんなはずはないだろう。秘書にジョニー・フレッチャーからだと伝えてくれ。ミスター・カーマイケルにそう取りついでもらえれば、話をしてくれるはずだ」たっぷり二分待たされてから、女性の声が言った。

「ミスター・カーマイケルの秘書です。ミスター・カーマイケルはただ今不在です」

「こちらはジョニー・フレッチャー」ジョニーは言いつのった。「ミスター・カーマイケルのご子息の――殺人について調査しているんだ。ミスター・カーマイケル本人に、今朝、雇われたんだ。直々にね。ミスター・カーマイケルに、きわめて重大なことをお伝えしたいんだが」

「そうおっしゃられても、ミスター・カーマイケルは不在です」秘書は、狼狽する様子もなく言った。

「さっきまでいらしたのですが、三十分ほど前に、出て行かれました」

「どこへ行ったのか、教えてもらえないか?」

「ミスター・カーマイケルは、外出するたびに私に行き先を教えたりはなさいません」

「わかった」ジョニーは言った。「なら一つだけ、教えてもらえないか? 今は亡きヤング・ジェス・カーマイケルの婚約者、ヘルタ・コルストンの電話番号を知りたいんだが」

「申し訳ありません」秘書は答えた。「電話番号をお教えする許可は、いただいておりません」

ジョニーはうめいたが、今回は自分の負けであることはわかった。ジョニーは受話器をもとに戻した。

大股でドアに向かい、外へ出る。エレベーターに乗りこむと、エレベーター係がジョニーをすばやく一瞥し、すぐに目をそらした。ジョニーがロビーにおり、エレベーターから足を踏み出すと、そこでは、乱闘がくりひろげられていた。

柱の間に追いつめられたサム・クラッグが、巨大な革椅子を頭の上に振りあげ、二人の警官、マディガン警部補、ピーボディ氏に立ち向かっている。

「また牢屋にぶちこまれたりはしないからな!」サムはわめいた。「おまえらと一緒になんか行かないぞ。あいつと話すまでは――」サムはジョニーに気づき、心の底からほっとしたように「ジョニー！」と叫んだ。「ジョニー、おれをムショに放りこませたりしないでくれ。さあ、こいつらに言ってやってくれよ、誤解だって」

「フレッチャー」マディガン警部補が、耳ざわりな声で言った。「彼を傷つけたくはないんだ。あの椅子をおろすよう、言ってくれないか?」

「椅子を置けよ、サム」ジョニーは言った。

「ホテルから出て行ってください！」ピーボディ氏が泣かんばかりの声で言った。「出て行って。こんな蛮行、もう一分だって我慢できません！」

サムは椅子を床におろしたが、まだ柱の間に立ったままでいた。「おれを逮捕させたりしないよな、ジョニー?」

「大丈夫だ、サム」

「大丈夫じゃない」マディガン警部補が断固として言った。「おれがやつを連行しなきゃならんのは、よく知ってるだろ」

「まっぴらだ！」サムが怒鳴った。

「出て行け！」ピーボディが金切り声をあげる。

「クラッグ」マディガン警部補が言った。「おとなしく来ればよし、さもないと引きずり出すぞ」

「誰にそんなことができるってんだ?」サムは反抗した。

マディガン警部補は、リボルバーを取り出した。「これが最後だ、クラッグ……」

ピーボディが、また泣き声をあげた。「後生です――じゅうたんを血で汚さないで。お願いですから……！」

ジョニーは指を曲げ、マディガンをそばに呼びながら言った。「マディガン、話があるんだが。こいつはきっと――」

「だめだ！　おれがここへ送られたのは、クラッグをつかまえるためなんだからな！」

「まだ、カーマイケル事件を追っかけてるんじゃないのか？」

「それはそうだが、まずはこっち優先だ」

「あやふやな理由でサムをぱくれれば、英雄になれると思ってるのか？　ジェス・カーマイケル三世を殺した犯人を連行するより、つまらん軽犯罪でサムをぱくって、ピークスキル警察に引き渡すほうがだいじなのか？」

「おまえの言うことに耳を貸す気はない。それに、サム・クラッグのやったことは、軽犯罪で済む話じゃないぞ。文書偽造、重窃盗、留置場脱走――」

ジョニーは手を振って、マディガンの言葉を払いのけると言った。「おれならそんな問題は、二分でどうにかできる。だがいいか、おれはジェス・カーマイケルを殺した犯人を知ってるんだ。そいつを包装紙とピンクのリボンをつけて、あんたに渡してやるって言ってるんだよ」

「おまえにできるのは」マディガンはにがにがしげに言った。「おれがこれまでに会った、どこの通りの呼びこみも顔負けの大ぼらを、まくしたてることだけだろう」

「一時間前に、おれの部屋にいたよな、マディガン。ノックして入ってきたのは誰だった？」

「わかった。それは認めよう。どうにかして、あの老人をだまくらかしたんだろう」

「ついでに殺人犯もな」

「なるほど、それは誰だ？」

「十五分かそこらで、名前を教えられるよ。そしたらそいつに、手錠をはめればいい」

「今、言ってみろ。信じてほしいならな」

「だめだ――今は証明できない。十五分後にはできるよ」

「いいだろう」マディガンは容赦なく言った。「なら、ここにいる若いのにサム・クラッグを警察署へ案内してもらい、おれはおまえと一緒に行くとしよう」

「だめだ」ジョニーは言った。「サムもおれたちと一緒に行く」

「クラッグは刑務所送りだ！」

「いやだ、ジョニー！」サムが大声をあげる。

「サムも一緒に行くんだ」ジョニーは頑固に言いはった。「なんなら、そこの警官を連れてきてもいいが、サムはおれたちと行く」

マディガンはためらったが、結局降参した。「いんちきはするなよ？」

「約束する」ジョニーは言った。「あんたに犯人を引き渡すか、さもなければ――」

「なんだ？」

「いや、あんたに犯人を引き渡す。それだけだ」

「フレッチャー、逮捕者を迅速に連行するのも、おれの仕事のうちなんだ。クラッグを連れて街を歩くなら、上司に理由を説明しなくちゃならない。それだけの理由がなければ、おれはパトロールをやらされるはめになる」

「アメリカでも有数の大富豪の息子を殺した犯人を、連行するためだったらどうだ？」

「そこに賭けようと思ってるんだ。おまえが舌先三寸の、口のうまい山師だってことは、承知してるが――」

「刑事さん、この人を信用してはいけません」ピーボディ氏が怒鳴った。「この人の言葉を信じてはだめです。この人が私の部屋に入りこんで服を一着盗んでいったと思う理由が、私にはあるんですから」

ジョニーは支配人に向かって、人差し指を振ってみせた。「いつか覚えてろよ、ピーボディ……」

「行くぞ」ふいにマディガンが、ぴしゃりと言った。

マディガンはドアへ向かって歩き出し、サムがジョニーのそばに並ぶと、二人の制服警官が後に続いた。

「ああ、今日は散々だったぜ、ジョニー」サムがぼやいた。

「わかってるさ、サム」

「まず誘拐されて。逃げ出したはいいが――すごく腹がへって。背骨が胸にくっつきそうになって、食べなきゃ飢え死にするところだったんだ。それで」サムは息を吸いこみ、ごくりとつばを飲みこんで身を震わせた。「これ以上はとても言えねえよ、ジョニー。それから起きたことときたら！」

「後で話してくれ」

縁石のそばにパトカーが停車していた。警官二人が前に乗りこみ、マディガン、サム、ジョニーがぎゅうづめになりながら、後部座席に乗りこんだ。「どこへ行くんだ?」マディガンがたずねた。

「〈バービゾン-ウォルドフ・ホテル〉だ」

運転手がサイレンを鳴らしたが、マディガンはそっけなく止めるよう命じた。

五分後、パトカーは〈バービゾン-ウォルドフ・ホテル〉の前に止まった。ドアマンがやってきたが、すぐに後ずさる。「騒ぎを起こしたいのか?」ジョニーは警部補にたずねた。

「くそ!」マディガンは毒づいた。

「サムは逃げたりしない。保証するよ」

「ああ、約束する」サムも口をはさんだ。

「わかった。行くぞ」マディガンは怒鳴り、警官たちに身振りで合図した。「きみたちはここで待て」

「一人で大丈夫なんですね?」警官の一人がたずねた。

「大丈夫だ」

三人は後部座席から出てホテルに入り、サットンの部屋がある階まであがった。だが、三人が部屋の近くまで来ると、ジョニーが足を止めた。「おれとサムだけ入らせてくれ、警部補。あんたはおれが呼ぶまで、外で待っててくれないか」

「おい、それはないだろう」マディガンはかみついた。

「おれの言うとおりにしてくれよ」

マディガンは歯ぎしりして言った。「ドアのすぐ外にいるからな」

第二十三章

ジョニーはドアについたブザーを押した。「どうぞ！」ジェームズ・サットンの声が言った。

ジョニーとサムはサットンの部屋に入った。ヘルタ・コルストンが、半分空になったグラスを持って、窓ぎわの大きな椅子に座っていた。

「ジョニー！」ヘルタは叫んだ。「また会えてうれしいわ」

「こんにちは」ジョニーはうちとけた調子で言った。「こちらは友人のサム・クラッグだ」

「ごきげんいかが、サム」ヘルタは心をこめて言った。

「今日の午後、彼女をまんまと落としたようだな」サットンが言い、微笑んだ。「だが、ドン・ウィールライトとは、そこまでうまくいかなかったんじゃないのかい」

「広告業者だそうで」ジョニーはよく考えずに答えた。

「つまり、ぼくよりはましな身分ってことさ」サットンは茶化すように言った。「スコッチとバーボンがあるが、どうする？」

「ビールをもらいたいな」サムが申し出た。

「ビール？　持ってきてもらわないといけないな」

「おかまいなく」ジョニーがさえぎった。「だいじな話があるみたいだが」

「ああ。だがしばらく待ってくれないか。伯父さんが、こっちへ向かっているから」

「電話したのか？　事務所の人は、オールド・ジェスは外出中だと言ってたが」

「そうらしいな。あっちから電話がきたんだ」

「ドンもこれからここへ来るわ」ヘルタが言った。

「そいつはすごい」ジョニーは言った。「なんならアリス・カミングスも電話で呼ぼうか？」

「あの女！」ヘルタが嫌悪をこめて吐きすてる。

ジョニーはにやりとした。「彼女のおかげで向こうずねが、四インチほど赤むけになっちまったよ――歯も三本ぐらいぐらぐらしているしな」

「喧嘩したの？」

「こっちが始めたわけじゃない。あっちからしかけてきたんだよ」

「ジェス伯父さんは、あの女が、脅迫をしかけてきたとか言ってたな」サットンが言った。

「脅迫？　何か売りつけようとしただけだと思ってたが」

「ジェスを殺した犯人の名前だろう」サットンはかすかに笑みを浮かべた。「それが彼女の脅迫のやり口なんだと思うがね」サットンは部屋を横切り、新しい飲み物をついだ。

「おかわりを作ろうか？」サットンはヘルタにたずねた。

「おかわりはもう、もらってるわ。私にはこれでじゅうぶん」ヘルタはサムをしげしげと見つめた。

「これが強い男ってやつなの？」

「気分がよければ、筋肉でもお見せするんですがね」サムが申し出る。

「まあ、気分がよくないの？」

「今日は――いろいろあったもんで」

「サムは散々な一日を過ごしたんだよ。ついでに言えば、おれもだが」ジョニーはテーブルのそばの椅子に座った。

「いとこのレスターを探そうとしてくれてたんだろ」サットンが言った。「話というのはそのことなんだ。レスターから電話をもらったんだよ」

「なんだって？」

「ぼくも、きみに負けず劣らず驚いたけどね、フレッチャー。ラジオでジェスのことを聞いたんだと言ってた――」

「どこから電話してきたんだ？」ジョニーは鋭くたずねた。

「アイダホだよ。ルイストンという街からだ」

「今までずっとそこにいたのか？」

サットンは肩をすくめた。「たずねたんだが、帰ったら話すってさ。明日の電車を予約したから、日曜までにはこっちに着くって」

ドアのブザーが鳴り、ジョニーは急いで立ちあがると、ドアに向かった。ジョニーがドアを開けると、オールド・ジェス・カーマイケルが入ってきた。

「フレッチャー、ここにいるとはありがたい。例の件は……」

「大丈夫です」ジョニーは言った。「警部補、あんたももう入ったほうがいいな」

マディガンが部屋に入ってくると、サットンとヘルタ・コルストンは、当惑顔でマディガンを見た。

「マディガン警部補だ」ジョニーは紹介した。「殺人課の」

「殺人課だって！」サットンが叫んだ。

「サムは護送中の身なんでね」ジョニーは説明した。「サムと一緒に来るには、彼も連れてくるしかなかったんだよ」

オールド・ジェスは鋭くジョニーを見やった。「あの女には会ったのかね？」

「会いましたよ。ちゃんと貯金箱を持ってました。彼女は中身も手に入れたと思ってるようですが」

「中身？」サットンが言った。

ジョニーはポケットからひとつかみの一セントと十セントを取り出した。「これさ！」ジョニーは椅子のそばのテーブルにコインを置いた。「アリス・カミングスはこの十セントと一セントをえらくほしがっていたが、おれがその小銭七ドルを買い取った。十セントも一セントも彼女のものだ」

「ジェスの貯金箱に入っていたのはこれなのかい？」サットンがたずねた。

「そのとおり」

サットンは伯父を見やった。「古めかしいインディアンヘッドペニーの山に――十セント硬貨、二十五セント硬貨か。ぼくはてっきり――」

「メモでも入っていると？」ジョニーはたずねた。

「カミングスって女の話では――」

「貯金箱にメッセージが入ってると言ってたんだろ？　こいつがメッセージだよ」ジョニーはコインの山を示しながら言った。

サットンは困惑顔でコインを見やった。「冗談だろ、フレッチャー？」

「冗談なんかじゃないさ」

ヘルタ・コルストンが立ちあがり、そばへ来てコインを眺めた。「これを見るのは初めてだけど、ジェスが昔、子供のころ持っていた貯金箱の話をしてくれたことがあるわ」ヘルタはオールド・ジェスを見て言った。「あなたがジェスに貯金箱を?」

オールド・ジェスは静かにうなずいた。「ジェスはあの貯金箱を、とても気に入っていた」

「このコイン、いただけないかしら」ヘルタはものほしそうな声で言った。「思い出の品にできるかもしれないから」

「まずは、話したいことがある」ジョニーは言った。「それからなら、誰がこのコインを持っていってもかまわないよ。ミスター・カーマイケル、ミス・コルストン、お二人にはいささか辛い話になるだろうが」

「話したまえ、フレッチャー」オールド・ジェスがぶっきらぼうに言った。

「あんたたちは皆、アリス・カミングスを知っているだろう。彼女は――まあ、アリス・カミングスでしかなかったわけだが、ジェスは彼女にのぼせあがった。少年時代の宝物をカミングスに渡し、秘密をある程度まで打ち明けるほどに。ジェスはアリス・カミングスに、もし自分の身に何かあったら、この一本足のガチョウを父親に渡すようにと話していたんだ。これがあれば、自分を殺した犯人が誰なのか、わかるはずだからと」

「わからないわ」ヘルタが混乱して言った。「それじゃまるで――殺されるのを予期していたみたいじゃない」

「ああ、そうだよ」ジョニーは答え、先を続けた。

「おれは偶然まきこまれたんだ。借金取りがおれの泊まってるホテルにやってきて、まあいろいろあって、おれはその男から、長らく未払いになっている借金を取り立ててくるよう、たきつけられた。アリス・カミングスの借金だ。もしおれが、てっとり早くアリス・カミングスを見つけようとしなければ、何事もなく――おれがこの件にまきこまれることもなかった。ついでに言えば、カミングスの借金というのは、彼女が四年前に買った六十九ドルの毛皮のコートの代金で、カミングスは少しだけ金を入れた後で、住所を言わずに、姿をくらましていたんだ。残った借金額は、利子を入れて、七十四ドルだった」

「おれはこの七十四ドルのためにカミングスをつかまえたが、その時、カミングスのバッグには五十七ドルしかなかった。おれはあくまで、さらに十七ドルを出すよう要求したんだが、その時電話が鳴り、ジェス・カーマイケルの到着が告げられた。カミングスとジェスは近ごろ、あまりうまくいっていなかった。カミングスは最悪の方法でおれを追い出そうとし、深く考えもせずに、十七ドルの差額をうめるため、一本足のガチョウをおれに渡した」ジョニーは一息ついた。「その後、カミングスとジェスは口論し、カミングスはジェスを部屋に残して外に出た――」

「あの女が言うにはね」ヘルタが悪意をこめて言った。

「本当のことだと思うよ。誰かが部屋に入ってきたんだ――ジェスがそこにいることを知っている誰かが。そいつがジェスを殺した犯人だ」

「フレッチャー」オールド・ジェスが穏やかにたずねた。「それが誰なのか、わかっているのかね？」

「ミスター・カーマイケル」ジョニーは言った。「今朝、私がここでミスター・サットンと話しているのを、あなたが別の部屋で聞いていた時、ミスター・サットンはあなたがもともと通信士だったと言っていましたが、それは本当ですか？」

「ああ、そうだ。オハイオの小さな町の駅長兼通信士だった」

「モールス信号はまだ読めますか?」

「一度あれを覚えたら、忘れることなどないさ。まあ、迅速にメッセージを送ることは、もうできないかもしれないが、国際モールス符号でなければ読むことはできる」

「では、ちょっとお待ちを」

ジョニーはテーブルに歩みより、二十五セント、十セント、一セントをよりわけ始めた。コインの山を日付順に並べる。コインの列は一八六〇年の一セントから始まり、最後の一九三九年まで続いた。

部屋にいる三人は、ジョニーを見守ったが、ジョニーがコインをほぼ並べ終えた時、ふいにジェームズ・サットンが笑い出した。「きみは面白い男だな、フレッチャー。きみが子供じみたゲームをしかけてくると、ぼくらはみんなきみの術中にはまってしまう。きみの言葉に耳を傾け、きみのすることを見る」サットンはしのび笑いをした。「ジェス伯父さん、ご存知ですか。ここにいる我らが友人のフレッチャーは、昨夜、伯父さんの家に行くのに、キャデラックを雇い、料金を〈バービゾン-ウォルドフ・ホテル〉の部屋につけていたんですよ。しかし、どういうわけか〈四十五丁目ホテル〉に住んでいるんです」

「その部屋なら行ったことがある」オールド・ジェスは答えた。

コインを並べ終えたジョニーが、体を起こして言った。「さあ、ミスター・カーマイケル。読んでください。息子さんが、あなたに残したメッセージです」

「私がジェスにモールス信号を教えたのだ。ジェスが八歳の時にな」オールド・ジェスは言い、テーブルに並べられたコインの列を見た。「わからんぞ、フレッチャー」

「一セントが短点、十セントが長点、二十五セントが単語の間のスペースです。読んでください、ミスター・カーマイケル」

オールド・ジェスがびくりと体をこわばらせ、コインに目を走らせる。「もし、ジェス・Cが殺されたら」オールド・ジェスはゆっくりと読み、激しく身を震わせた。

「フレッチャーの陰謀だ！」ジェームズ・サットンがしわがれ声で叫んだ。

「そうなのか、サットン？」ジョニーはせまった。「ミスター・カーマイケル、メッセージにはサットンの名前があるんですか？」

オールド・ジェスはのろのろと後を続けた。「犯人はジム・サットンである。彼は」――オールド・ジェスはたじろいだ――「彼はL・スミスソンも殺した！」

「でたらめだ！」サットンはわめいた。「レスターは死んじゃいない。レスターは――今日、アイダホから電話をしてきた」

「そうなのか？」ジョニーはサットンを見やった。

「ぼくはレスターと話をした」サットンは荒々しく言った。「ぼくは――いや、レスターは二年か――三年前に、ぼくに手紙をよこした。レスターは生きてる、絶対に生きてるんだ……」

「レスターは死んだ」ジョニーはそっけなく言った。「十二年前、あんたが殺したんだ。ジェスはすぐにそれを悟り、沈黙を守ったが、決してあんたを信用せず、あんたを恐れていた」

オールド・ジェスは、復讐の天使さながらに瞳を燃えあがらせ、甥のほうを向いた。「おまえが息子を殺したのか？」

サットンは後ずさった。「ジェスは金のスプーンをくわえて生まれた、大富豪だった。ぼくは――

こんなに貧乏なのに、ジェスは、なんでも持っていた」

「貧乏だって！」サム・クラッグが叫んだ。「〈バービゾン－ウォルドフ・ホテル〉に住んでて、貧乏なわけがないだろ？」

「私が金をやっていた」オールド・ジェスは言い、サットンのほうへ歩みよった。「私はおまえに金をやったのに、おまえは――私の息子を殺した……」

「お金が必要だったんだ」サットンは泣き叫んだ。「ぼくは一文無しだったから。投機で全財産失って、借金に追われてたんだよ」サットンは椅子に沈みこむと、すすり泣き始めた。

オールド・ジェスはサットンの前に立ちはだかった。その大きな体は崩れ落ちそうで、ジョニーの目の前で、急に老けこんだようだった。ヘルタ・コルストンがそっとオールド・ジェスに近づき、その肩に腕をまわした。

オールド・ジェスはヘルタを見て、弱々しく微笑んだ。「ジェームズは少年のころから、残忍なところがあると言われていた。今は――そうではなくなったと思っていた。ジェームズを後継者にするつもりだったのに……」

「サットンも、それをあてにしてたんでしょう」ジョニーは重々しく言った。「サットンは昨夜、レスター・スミスソンを探すため、私を雇いました。私がレスターを見つけられないことは重々承知していましたが、疑いをそらし、すべてをレスター・スミスソンのせいにするには、かえって好都合だと踏んだんです。レスターはジェス殺しの動機を持っていると、サットンは考えました。レスターが戻ってきてジェスを殺したと、あなたがたに信じさせることができれば、それでよかったんですよ」

マディガン警部補が前に出て、サットンの手首に手錠をはめると言った。「本署で供述を取ります」

その時、ふいに電話が鋭く鳴り響いた。

全員が電話を見たが、動く者はいなかった。しまいにジョニーが部屋を横切り、受話器を取りあげた。「はい、どなた?」ジョニーはたじろいだ。「ああ、ここにいるよ」ジョニーは送話口を覆うと言った。「ミスター・カーマイケル。アリス・カミングスからです。あなたと話したいそうです」

「こちらには話すことなど、何もない」

ジョニーは電話に向かって言った。「悪いがお嬢さん、ミスター・カーマイケルはあんたに話などないそうだ……ああ、そうだよ。あんたの古い友人の、ジョニー・フレッチャーだ……」ジョニーは再びたじろいだ。「一万ドルに値下げするって? 何をだい……ああ、例の一セントと十セントのことかい?」

「私に話させて」ヘルタがいきなり言った。

「七ドルぶんの小銭を、一万ドルで売りたいそうだよ」ジョニーはくすくす笑って、受話器をヘルタ・コルストンに手渡した。

ヘルタはアリス・カミングスに、コインの用途について話した。

第二十四章

ジョニーとサムは、ピークスキルの裁判所の外で弁護士と握手をかわした。「すばらしい勝利ですよ、皆さん」弁護士は熱心に言った。「やってみせると言ったでしょう」

「五百ドルの罰金が勝利？」ジョニーは皮肉っぽくたずねた。

「文書偽造、重窃盗、留置場脱走……」

「やめてくれよ」サムが身を震わせた。

「勝利以外の何物でもありません」弁護士はきっぱりと言った。「街の検事が私のいとこでなかったら、もしくは、私がたまたま裁判官とゴルフをしたことがなければ、州刑務所に五年がいいところだったでしょうね。少なくとも、郡刑務所に六か月」

「わかった、わかった」ジョニーは言った。「ありがとう。本当にありがとう。よくやってくれました。おれたちのどちらかが、またピークスキルで逮捕されるようなことがあったら、その時はよろしく」

「まかせてください。さて、お二人とも、そろそろおいとましなくてはなりません。私の、ええと、顧客の一人が、その……バスを盗んだ廉で訴えられているんですよ。なんとも馬鹿げた話ですが、彼のために職務を果たさねばなりません。では、ごきげんよう」

弁護士はせかせかと立ち去り、ジョニーとサムは、マンハッタンに戻るバスが出る停留所へと歩いていった。

「ピークスキルには、もう絶対に近よらないぞ」サムが重々しく言った。

「今朝、ミスター・カーマイケルが、千ドル払ってくれてよかったよ。本当は払う必要なんてないんだぜ。もともとレスター・スミスソンを見つけたら払う、って話だったし、おれはレスターを見つけられなかったんだから」

「相手が死んでるってのに、どうやって見つけるんだよ?」

ジョニーはだしぬけに鼻を鳴らした。「あの弁護士を見ろよ——千ドルだぜ! おまけに現金をよこせっていうんだからな、しかも裁判の前に」

「すまねえ、ジョニー。おれたちまた、オケラ同然になっちまったんだろ?」

「バス代を払ったら、残りは七十セントかそこらだな」ジョニーは頭を振り、ため息をついた。「まったく、困ったもんだよ。やつの服の質札と一緒に、ピーボディに三十六ドル送りつけてやるつもりだったんだが。まあ、質札だけ送ってやることにするか。ないよりはましだろ?」

「まあな。けど、また部屋代がつけになってるんじゃなかったか?」

「ああ。だが、それがどうした? なんとか考えるさ、いつものようにな」

訳者あとがき

フランク・グルーバーの〈ジョニー&サム〉シリーズの長編第十三作目、『一本足のガチョウの秘密』をお届けします。

ホテルの部屋に踏みこんできた借金取りのキルケニーと賭けをしたジョニーとサムは、ひとくせありそうな金髪の美女、アリス・カミングスと出会う。ところがその直後、彼女の愛人で食料品王の息子でもあるジェス・カーマイケル三世がアリスの部屋で殺され、容疑者として疑われるはめに。アリスがジョニーにおしつけてよこしたガチョウの形の貯金箱と古めかしいコインに何か秘密があるらしく、貯金箱争奪戦のすえ、サムがごろつきに拉致されてしまう。果たして、サムの運命は？　ボディガードを失ったジョニーは貯金箱とコインの謎を解き、食料品王の行方不明の身内を見つけてホテルの部屋代を払い、借金取りを撃退してサムを助け出すことができるのか？

知力のジョニーと腕っぷしのサムが行く先々で面倒なゴタゴタにまきこまれ、あの手この手でトラブルを切りぬけていくというのがこのシリーズのお約束ですが、今作の主な舞台はおなじみニューヨークの〈四十五丁目ホテル〉。開幕早々借金取りに部屋に踏みこまれ、二人を嫌っている支配人のピーボディからは部屋を追い出すと脅され、ついには殺人事件の容疑者にまでされて……と、今回も前途多難のすべり出しとなります。殺人事件がどうこうだけではなく、質屋のおやじの胃を痛くし、図書館の利用者から怒られながらなんとかお金を工面しようとする二人のドタバタぶりや、ピーボディとの攻防戦も今作の読みどころの一つと言えるでしょう。そして今作では、謎のガチョウの貯金箱をめぐってサムがごろつきに拉致されてしまい、ジョニーと引き離されてしまいます。サムがジョニーのところへ戻ろうと奮闘し、騒動を起こしまくるくだりは、訳者も訳しながらにやにやしてしまいましたので、読者のかたにも笑っていただけるよう祈るばかりです。

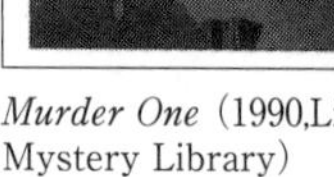

Murder One（1990,Linford Mystery Library）

なお、作者のフランク・グルーバーは、細かい数字や話の整合性にはいささかアバウトなところのある作家だったらしく、借金の話をしている時に計算があわない、拉致されていたサムがその時点で知るはずのないことを知っているなど、本作でも、いろいろとおかしな部分が散見されます。どう見てもつじつまがあわない箇所は、校正者や担当編集者と相談のうえ最小限の修正をほどこしましたが、できるだけ原文どおりに訳してありますので、多少のつっこみどころはご愛嬌として、ご容赦いただければと思います。本書は、一九五四年刊行の The Limping Goose を底本とし、適宜、一九七三年刊行の改題本 Murder One を参照しました。〈サム&ジョニー〉シリーズの初刊本には明らかな誤記や著者の勘違いと思われる矛盾が多いため、初刊本と改題本で差異が見られた際は後者の内容を優先しました。たびたび登場するハノーバー・クラブの綴りは、原文では Harover Club となっていますが、ジェスに関して、He graduated from Harover という記述があることもあり、担当編集者と相談のうえ、「ハノーバー・クラブ」と訳させていただきました。

作中に登場するインディアンヘッドペニーは、一八五九年から一九〇九年の間発行されたコインで、その名の通り、表面にインディアンの頭部が描かれていますが、このインディアンはネイティブ・アメリカンとして描かれた自由の女神とされているそうです。バーバー・ダイムは一八九二年から一九一六年の間に発行され、造幣局主任彫刻師のチャールズ・E・バーバーがデザインを手がけたことから、この名で呼ばれることになりました。

数年前に始まった〈ジョニー&サム〉シリーズの未訳長編紹介も残すところあと一冊となりましたが、ジョニーとサムの活躍はまだ続きます。どうぞ楽しみにお待ちください。

最後に、このシリーズの面白さを熱くご紹介くださり、本作を訳す機会を与えてくださいました故・仁賀克雄先生に、心からの感謝を捧げます。

〔著者〕
フランク・グルーバー
別名チャールズ・K・ボストン、ジョン・K・ヴェダー、スティーヴン・エイカー。1904年、アメリカ、ミネソタ州生まれ。新聞配達をしながら、作家になることを志して勉学に勤しむ。16歳で陸軍へ入隊するが一年後に除隊し、編集者に転身するも不況のため失職。パルプ雑誌へ冒険小説やウェスタン小説を寄稿するうちに売れっ子作家となり、初の長編作品“Peace Marshal”（1939）は大ベストセラーになった。1942年からハリウッドに居を移し、映画の脚本も執筆している。1969年死去。

〔訳者〕
金井美子（かない・よしこ）
東京女子大学文理学部英米文学科卒業。訳書に『終わらない悪夢』、『十二の奇妙な物語』、『オールド・アンの囁き』、『オパールの囚人』（いずれも論創社）がある。

一本足のガチョウの秘密（いっぽんあしのガチョウのひみつ）
——論創海外ミステリ　316

2024年4月10日　初版第1刷印刷
2024年4月20日　初版第1刷発行

著　者　フランク・グルーバー
訳　者　金井美子
装　丁　奥定泰之
発行人　森下紀夫
発行所　論 創 社

〒101-0051 東京都千代田区神田神保町2-23 北井ビル
TEL:03-3264-5254　FAX:03-3264-5232　振替口座 00160-1-155266
WEB:https://www.ronso.co.jp

組版　加藤靖司
印刷・製本　中央精版印刷

ISBN978-4-8460-2388-1
落丁・乱丁本はお取り替えいたします